考試分數大躍進
累積實力
百萬考生見證
應考秘訣

5

根據日本國際交流基金考試相關概要

精修 關鍵句版

絶對合格 日檢必背閱讀

N5

新制對應！

吉松由美
西村惠子 ◎合著

U0080171

山田社

前言 preface

《精修版 新制對應絕對合格！日檢必背閱讀 N5》內容再加碼
閱讀題常見關鍵句＋啟動聯想關鍵單字

開啓日檢閱讀心法，日檢實力大爆發！
只要找對方法，就能改變結果！
即使閱讀成績老是差強人意，也能一舉過關斬將，得高分！

★ 日籍金牌教師編著，百萬考生推薦，應考秘訣一本達陣！
★ 被國內多所學校列為指定教材！
★ 搭配同級單字文法的詳解攻略 × 小知識及會話大補帖！
★ 左右頁中日文對照，啟動最有效的解題節奏！
★ 常用關鍵句＋關鍵字延伸學習，打開聯想記憶力！

為什麼每次日檢閱讀測驗都像水蛭一樣，不知不覺把考試時間吞噬殆盡？
為什麼背了單字、文法，閱讀測驗還是看不懂？
為什麼總是找不到一本適合自己的閱讀教材？

您有以上疑問嗎？

放心！不管是考前半年或是一個月前衝刺，《精修關鍵句版 - 新制對應絕對合格！日檢必背閱讀 N5》帶您揮別過去所有資訊不完整的閱讀教材，磨亮您的日檢實力。有了這一本，便不必再擔心不知道怎麼準備閱讀考試，更不用煩惱來不及完成測驗！

本書【4大必背】不管閱讀考題怎麼出，都能見招拆招！

☞ 閱讀內容無論是考試重點、出題方式、設問方式，完全符合新制考試要求。培養考生「透視題意的能力」，做遍各種「經過包裝」的題目，找出公式、定理和脈絡並進一步活用，就是前進日檢抄捷徑。

☞「解題攻略」說明完整詳細，並以雙頁對照排版提供準確又有效率的答題解析，幫您掌握關鍵的解題技巧。除此之外，也從文章中提出N5必背「重要單字及文法」，確實點出考題重點，所有盲點一掃而空！

☞「小知識大補帖」單元，將N5程度最常考的各類主題延伸單字、文法表現、文化背景知識等都整理出來了！而「萬用句小專欄」更是列舉生活中最實用的活用會話！只要掌握本書補充小知識，就能讓您更親近日語，實力迅速倍增，進而提升解題力！

☞ 本書再加入「常用關鍵句」以及「關鍵字記單字」。讓您熟悉閱讀常考句型、補充大量同級單字，不管考題怎麼變都能迎刃而解，答題從容自在！

本書【6大特色】內容精修，全新編排，讓您讀得方便，學習更有效率！閱讀成績拿高標，就能縮短日檢合格距離，成為日檢考證高手！

1. 名師傳授，完全命中，讓您一次就考到想要的分數！

由多位長年在日本，持續追蹤新日檢的日籍金牌教師，完全參照JLPT新制重點及歷年試題編寫，無論是考試重點、出題方式、設問方式都符合新日檢要求，徹底針對考試重點。同時完整收錄日檢閱讀「理解內容（短文）」、「理解內容（中文）」、「釐整資訊」3大題型，每題型各11回閱讀模擬試題，準備日檢閱讀精準有效，合格不再交給命運！

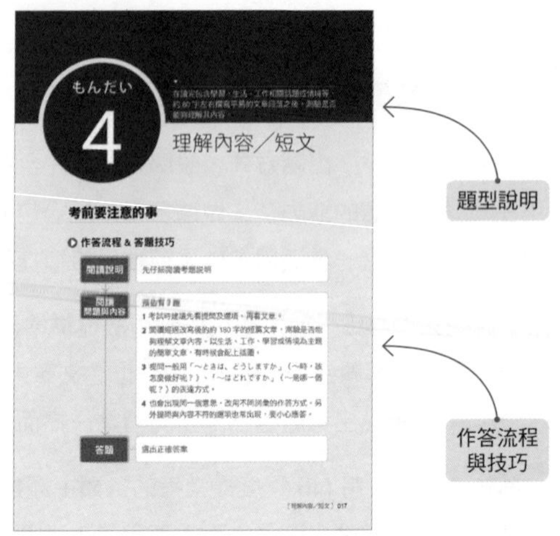

2. 精闢分析解題，就像貼身家教，幫您一掃所有閱讀盲點！

閱讀文章總是花大把時間，還是看得一頭霧水嗎？本書把握專注極限 18 分鐘，訓練您 30 秒讀題，30 秒發現解題關鍵！每道試題都附上有系統的分析解說，脈絡清晰，帶您一步一步突破關卡，並從文中挑出 N5 單字和文法，讓您用最短的時間達到最好的學習效果！「單字 × 文法 × 解題攻略」大幅縮短答題時間，3 倍提升應考實力！

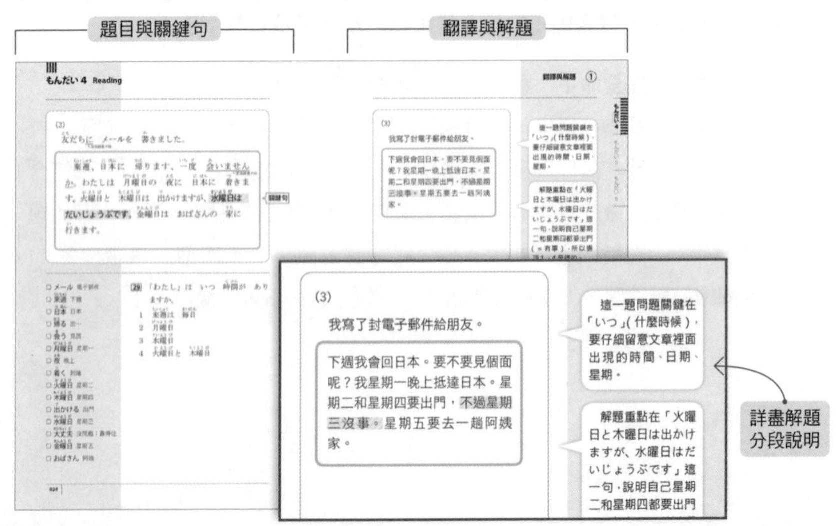

3.「中日對照編排法」學習力三級跳，啟動聰明的腦系統基因，就像換一顆絕對合格腦袋！

本書突破以往的編排，模擬試題部分獨立開來，設計完全擬真，測驗時可以完全投入而不受答案和解析干擾。翻譯與解題部分再以左右頁中日文完全對照方式，左頁的日文文章加上關鍵句提示，右頁對照翻譯與解題，讓您訂正時不必再東翻西找！關鍵句提示＋精確翻譯＋最精闢分析解說＝達到最有效的解題節奏、學習效率大幅提升！

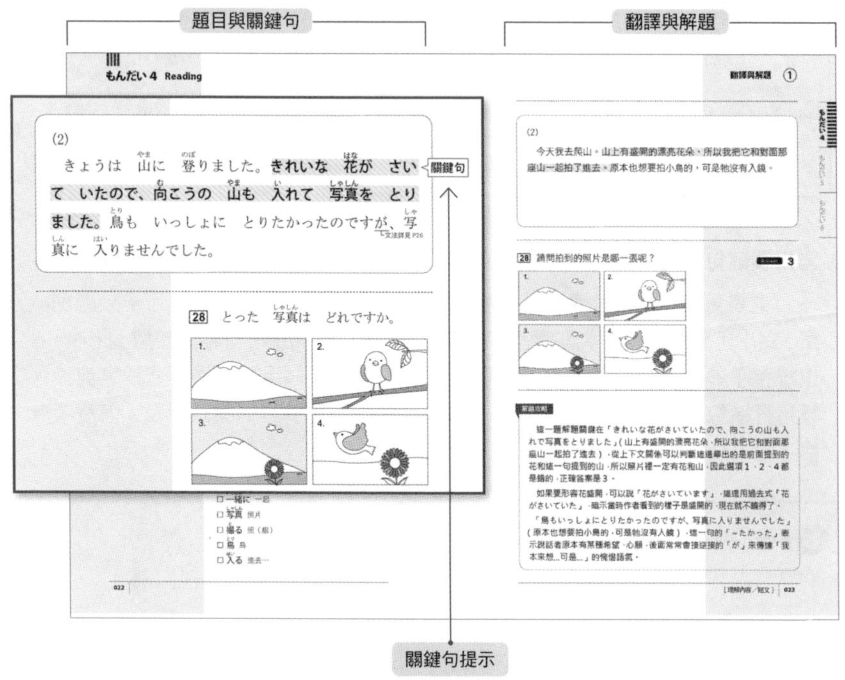

4. 小知識萬花筒＋萬用句小專欄，給您一天 24 小時都用得到的字句，閱讀理解力百倍提升！

閱讀文章後附上的「小知識大補帖」，精選補充貼近 N5 程度的日本生活知識、詞彙及慣用句型等；「萬用句小專欄」則收錄了日本人生活中的常用句子，無論是生活、學校、交友都能派上用場。豐富多元的內容，絕對讓您更貼近日本文化、更熟悉道地日語，破解閱讀測驗，就像看書報雜誌一樣輕鬆，實力迅速倍增！

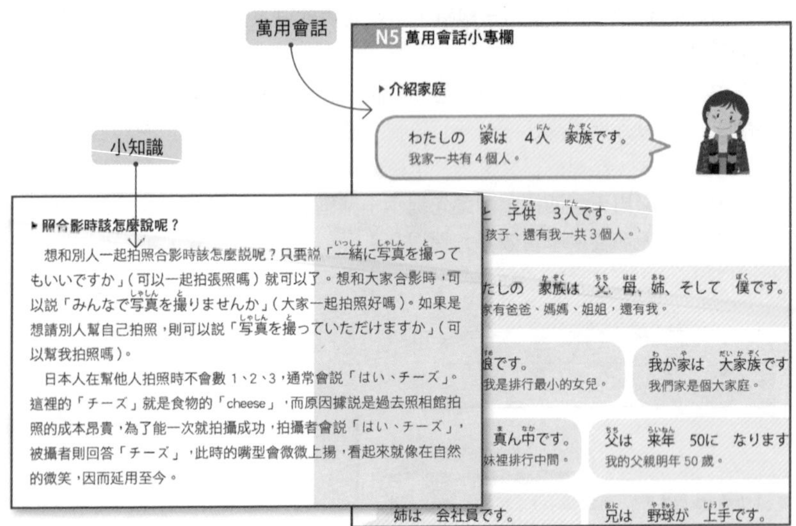

5. 常用關鍵句＋同級關鍵字記單字，運用聯想力延伸學習，提升句型活用力！

本書蒐集了 N5 閱讀考題中常見的關鍵句型，並用關鍵字將句子分門別類，點出重點濃縮資訊，讓讀者運用聯想力，一口氣搞定所有相關句型。此外，也統整了與考題相關的同級延伸關鍵單字，學習相似單字不必再查找字典，輕鬆打造您的豐富字庫。 不只好學好記，還能活用於其他閱讀考題，怎麼考都不怕！

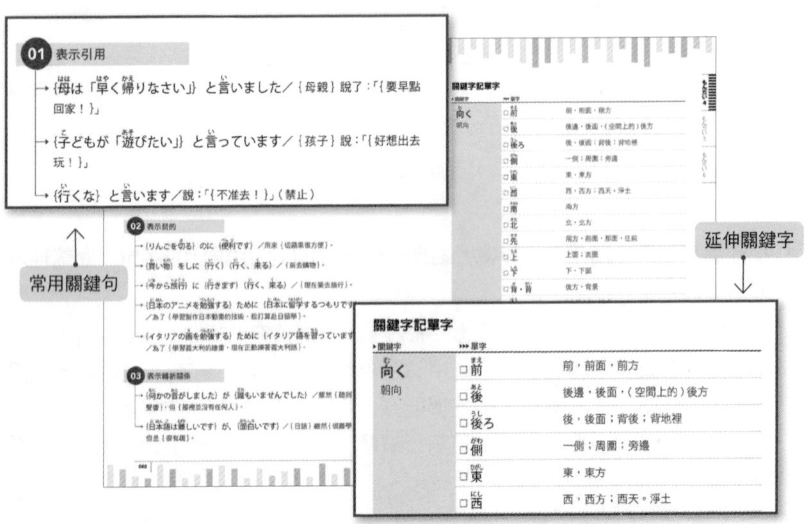

6. 書末列舉 N5 常考文法，依用法分類，隨時查找學習更精確！

書末貼心附上 N5 常考文法，並附上例句，方便讀者答題時遇到不會的文法可以翻閱查看。常考文法同樣使用關鍵字統整，查詢一個用法便能找到一連串相似用法，不僅能大量學習，也能幫助深入記憶。讓您精確抓住考試重點，完勝日檢！

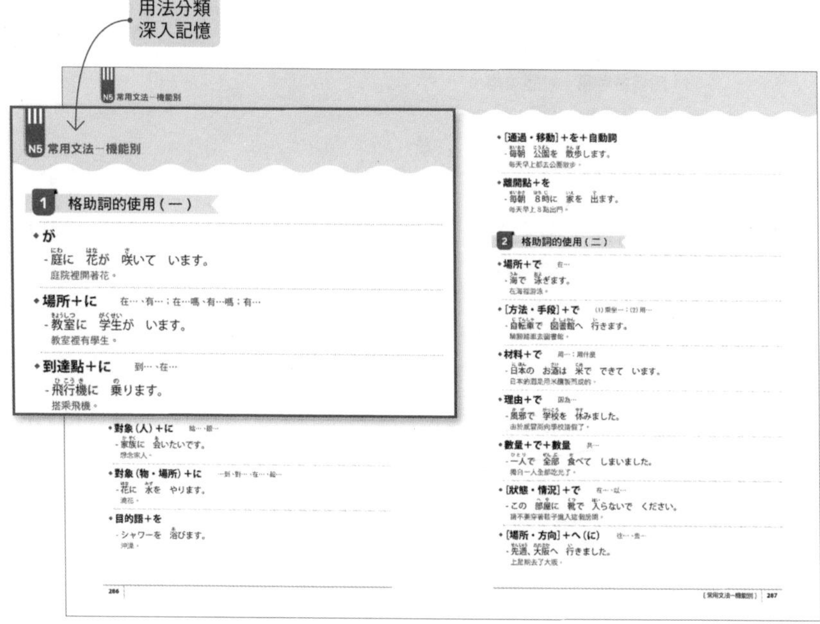

別擔心自己不是唸書的料，您只是沒有遇到對的教材，給您好的學習方法！《精修關鍵句版 - 新制對應絕對合格！日檢必背閱讀 N5》讓您學習力三級跳，啟動聰明的腦系統基因，就像換一顆絕對合格的腦袋！

目錄
contents

新「日本語能力測驗」概要

JLPT

一、什麼是新日本語能力試驗呢

1. 新制「日語能力測驗」

從 2010 年起實施的新制「日語能力測驗」（以下簡稱為新制測驗）。

1－1 實施對象與目的

新制測驗與舊制測驗相同，原則上，實施對象為非以日語作為母語者。其目的在於，為廣泛階層的學習與使用日語者舉行測驗，以及認證其日語能力。

1－2 改制的重點

改制的重點有以下四項：

1 測驗解決各種問題所需的語言溝通能力

新制測驗重視的是結合日語的相關知識，以及實際活用的日語能力。因此，擬針對以下兩項舉行測驗：一是文字、語彙、文法這三項語言知識；二是活用這些語言知識解決各種溝通問題的能力。

2 由四個級數增為五個級數

新制測驗由舊制測驗的四個級數（1 級、2 級、3 級、4 級），增加為五個級數（N1、N2、N3、N4、N5）。新制測驗與舊制測驗的級數對照，如下所示。最大的不同是在舊制測驗的 2 級與 3 級之間，新增了 N3 級數。

N1	難易度比舊制測驗的 1 級稍難。合格基準與舊制測驗幾乎相同。
N2	難易度與舊制測驗的 2 級幾乎相同。
N3	難易度介於舊制測驗的 2 級與 3 級之間。（新增）
N4	難易度與舊制測驗的 3 級幾乎相同。
N5	難易度與舊制測驗的 4 級幾乎相同。

＊「N」代表「Nihongo（日語）」以及「New（新的）」。

3 施行「得分等化」

由於在不同時期實施的測驗，其試題均不相同，無論如何慎重出題，每次測驗的難易度總會有或多或少的差異。因此在新制測驗中，導入「等化」的計分方式後，便能將不同時期的測驗分數，於共同量尺上相互比較。因此，無論是在什麼時候接受測驗，只要是相同級數的測驗，其得分均可予以比較。目前全球幾種主要的語言測驗，均廣泛採用這種「得分等化」的計分方式。

4 提供「日本語能力試驗 Can-do 自我評量表」（簡稱 JLPT Can-do）

為了瞭解通過各級數測驗者的實際日語能力，新制測驗經過調查後，提供「日本語能力試驗 Can-do 自我評量表」。該表列載通過測驗認證者的實際日語能力範例。希望通過測驗認證者本人以及其他人，皆可藉由該表格，更加具體明瞭測驗成績代表的意義。

1－3 所謂「解決各種問題所需的語言溝通能力」

我們在生活中會面對各式各樣的「問題」。例如，「看著地圖前往目的地」或是「讀著說明書使用電器用品」等等。種種問題有時需要語言的協助，有時候不需要。

為了順利完成需要語言協助的問題，我們必須具備「語言知識」，例如文字、發音、語彙的相關知識、組合語詞成為文章段落的文法知識、判斷串連文句的順序以便清楚說明的知識等等。此外，亦必須能配合當前的問題，擁有實際運用自己所具備的語言知識的能力。

舉個例子，我們來想一想關於「聽了氣象預報以後，得知東京明天的天氣」這個課題。想要「知道東京明天的天氣」，必須具備以下的知識：「晴れ（晴天）、くもり（陰天）、雨（雨天）」等代表天氣的語彙；「東京は明日は晴れでしょう（東京明日應是晴天）」的文句結構；還有，也要知道氣象預報的播報順序等。除此以外，尚須能從播報的各地氣象中，分辨出哪一則是東京的天氣。

如上所述的「運用包含文字、語彙、文法的語言知識做語言溝通，進而具備解決各種問題所需的語言溝通能力」，在新制測驗中稱為「解決各種問題所需的語言溝通能力」。

新制測驗將「解決各種問題所需的語言溝通能力」分成以下「語言知識」、「讀解」、「聽解」等三個項目做測驗。

語言知識	各種問題所需之日語的文字、語彙、文法的相關知識。
讀　解	運用語言知識以理解文字內容，具備解決各種問題所需的能力。
聽　解	運用語言知識以理解口語內容，具備解決各種問題所需的能力。

作答方式與舊制測驗相同，將多重選項的答案劃記於答案卡上。此外，並沒有直接測驗口語或書寫能力的科目。

2. 認證基準

新制測驗共分為 N1、N2、N3、N4、N5 五個級數。最容易的級數為 N5，最困難的級數為 N1。

與舊制測驗最大的不同，在於由四個級數增加為五個級數。以往有許多通過3級認證者常抱怨「遲遲無法取得2級認證」。為因應這種情況，於舊制測驗的2級與3級之間，新增了N3級數。

新制測驗級數的認證基準，如表1的「讀」與「聽」的語言動作所示。該表雖未明載，但應試者也必須具備為表現各語言動作所需的語言知識。

N4與N5主要是測驗應試者在教室習得的基礎日語的理解程度；N1與N2是測驗應試者於現實生活的廣泛情境下，對日語理解程度；至於新增的N3，則是介於N1與N2，以及N4與N5之間的「過渡」級數。關於各級數的「讀」與「聽」的具體題材（內容），請參照表1。

■表1 新「日語能力測驗」認證基準

	級數	認證基準 各級數的認證基準，如以下【讀】與【聽】的語言動作所示。各級數亦必須具備為表現各語言動作所需的語言知識。
↑ 困難＊	N1	能理解在廣泛情境下所使用的日語 【讀】・可閱讀話題廣泛的報紙社論與評論等論述性較複雜及較抽象的文章，且能理解其文章結構與內容。 ・可閱讀各種話題內容較具深度的讀物，且能理解其脈絡及詳細的表達意涵。 【聽】・在廣泛情境下，可聽懂常速且連貫的對話、新聞報導及講課，且能充分理解話題走向、內容、人物關係、以及說話內容的論述結構等，並確實掌握其大意。
	N2	除日常生活所使用的日語之外，也能大致理解較廣泛情境下的日語 【讀】・可看懂報紙與雜誌所刊載的各類報導、解說、簡易評論等主旨明確的文章。 ・可閱讀一般話題的讀物，並能理解其脈絡及表達意涵。 【聽】・除日常生活情境外，在大部分的情境下，可聽懂接近常速且連貫的對話與新聞報導，亦能理解其話題走向、內容、以及人物關係，並可掌握其大意。
	N3	能大致理解日常生活所使用的日語 【讀】・可看懂與日常生活相關的具體內容的文章。 ・可由報紙標題等，掌握概要的資訊。 ・於日常生活情境下接觸難度稍高的文章，經換個方式敘述，即可理解其大意。 【聽】・在日常生活情境下，面對稍微接近常速且連貫的對話，經彙整談話的具體內容與人物關係等資訊後，即可大致理解。

<table>
<tr><td rowspan="2">*容易
↓</td><td>N4</td><td>能理解基礎日語
【讀】・可看懂以基本語彙及漢字描述的貼近日常生活相關話題的文章。
【聽】・可大致聽懂速度較慢的日常會話。</td></tr>
<tr><td>N5</td><td>能大致理解基礎日語
【讀】・可看懂以平假名、片假名或一般日常生活使用的基本漢字所書寫的固定詞句、短文、以及文章。
【聽】・在課堂上或周遭等日常生活中常接觸的情境下，如為速度較慢的簡短對話，可從中聽取必要資訊。</td></tr>
</table>

＊ N1 最難，N5 最簡單。

3. 測驗科目

新制測驗的測驗科目與測驗時間如表 2 所示。

■ 表 2　測驗科目與測驗時間＊①

<table>
<tr><td>級數</td><td colspan="3">測驗科目
（測驗時間）</td><td></td><td></td></tr>
<tr><td>N1</td><td colspan="2">語言知識（文字、語彙、文法）、讀解
（110 分）</td><td>聽解
（60 分）</td><td>→</td><td rowspan="2">測驗科目為「語言知識（文字、語彙、文法）、讀解」；以及「聽解」共 2 科目。</td></tr>
<tr><td>N2</td><td colspan="2">語言知識（文字、語彙、文法）、讀解
（105 分）</td><td>聽解
（50 分）</td><td>→</td></tr>
<tr><td>N3</td><td>語言知識
（文字、語彙）
（30 分）</td><td>語言知識（文法）、讀解
（70 分）</td><td>聽解
（40 分）</td><td>→</td><td rowspan="3">測驗科目為「語言知識（文字、語彙）」；「語言知識（文法）、讀解」；以及「聽解」共 3 科目。</td></tr>
<tr><td>N4</td><td>語言知識
（文字、語彙）
（30 分）</td><td>語言知識（文法）、讀解
（60 分）</td><td>聽解
（35 分）</td><td>→</td></tr>
<tr><td>N5</td><td>語言知識
（文字、語彙）
（25 分）</td><td>語言知識（文法）、讀解
（50 分）</td><td>聽解
（30 分）</td><td>→</td></tr>
</table>

N1 與 N2 的測驗科目為「語言知識（文字、語彙、文法）、讀解」以及「聽解」共 2 科目；N3、N4、N5 的測驗科目為「語言知識（文字、語彙）」、「語言知識（文法）、讀解」、「聽解」共 3 科目。

由於 N3、N4、N5 的試題中，包含較少的漢字、語彙、以及文法項目，因此當與 N1、N2 測驗相同的「語言知識（文字、語彙、文法）、讀解」科目時，有時會使某幾道試題成為其他題目的提示。為避免這個情況，因此將「語言知識（文字、語彙、文法）、讀解」，分成「語言知識（文字、語彙）」和「語言知識（文法）、讀解」施測。

＊①：聽解因測驗試題的錄音長度不同，致使測驗時間會有些許差異。

4. 測驗成績

4－1　量尺得分

舊制測驗的得分，答對的題數以「原始得分」呈現；相對的，新制測驗的得分以「量尺得分」呈現。

「量尺得分」是經過「等化」轉換後所得的分數。以下，本手冊將新制測驗的「量尺得分」，簡稱為「得分」。

4－2　測驗成績的呈現

新制測驗的測驗成績，如表3的計分科目所示。N1、N2、N3的計分科目分為「語言知識（文字、語彙、文法）」、「讀解」、以及「聽解」3項；N4、N5的計分科目分為「語言知識（文字、語彙、文法）、讀解」以及「聽解」2項。

會將N4、N5的「語言知識（文字、語彙、文法）」和「讀解」合併成一項，是因為在學習日語的基礎階段，「語言知識」與「讀解」方面的重疊性高，所以將「語言知識」與「讀解」合併計分，比較符合學習者於該階段的日語能力特徵。

■ 表3　各級數的計分科目及得分範圍

級數	計分科目	得分範圍
N1	語言知識（文字、語彙、文法） 讀解 聽解	0～60 0～60 0～60
	總分	0～180
N2	語言知識（文字、語彙、文法） 讀解 聽解	0～60 0～60 0～60
	總分	0～180
N3	語言知識（文字、語彙、文法） 讀解 聽解	0～60 0～60 0～60
	總分	0～180
N4	語言知識（文字、語彙、文法）、讀解 聽解	0～120 0～60
	總分	0～180
N5	語言知識（文字、語彙、文法）、讀解 聽解	0～120 0～60
	總分	0～180

各級數的得分範圍，如表 3 所示。N1、N2、N3 的「語言知識（文字、語彙、文法）」、「讀解」、「聽解」的得分範圍各為 0 ～ 60 分，三項合計的總分範圍是 0 ～ 180 分。「語言知識（文字、語彙、文法）」、「讀解」、「聽解」各占總分的比例是 1：1：1。

N4、N5 的「語言知識（文字、語彙、文法）、讀解」的得分範圍為 0 ～ 120 分，「聽解」的得分範圍為 0 ～ 60 分，二項合計的總分範圍是 0 ～ 180 分。「語言知識（文字，語彙、文法）、讀解」與「聽解」各占總分的比例是 2：1。還有，「語言知識（文字、語彙、文法）、讀解」的得分，不能拆解成「語言知識（文字、語彙、文法）」與「讀解」二項。

除此之外，在所有的級數中，「聽解」均占總分的三分之一，較舊制測驗的四分之一為高。

4 － 3　合格基準

舊制測驗是以總分作為合格基準；相對的，新制測驗是以總分與分項成績的門檻二者作為合格基準。所謂的門檻，是指各分項成績至少必須高於該分數。假如有一科分項成績未達門檻，無論總分有多高，都不合格。

新制測驗設定各分項成績門檻的目的，在於綜合評定學習者的日語能力，須符合以下二項條件才能判定為合格：①總分達合格分數（＝通過標準）以上；②各分項成績達各分項合格分數（＝通過門檻）以上。如有一科分項成績未達門檻，無論總分多高，也會判定為不合格。

N1 ～ N3 及 N4、N5 之分項成績有所不同，各級總分通過標準及各分項成績通過門檻如下所示：

級數	總分		分項成績					
			言語知識（文字・語彙・文法）		讀解		聽解	
	得分範圍	通過標準	得分範圍	通過門檻	得分範圍	通過門檻	得分範圍	通過門檻
N1	0～180分	100分	0～60分	19分	0～60分	19分	0～60分	19分
N2	0～180分	90分	0～60分	19分	0～60分	19分	0～60分	19分
N3	0～180分	95分	0～60分	19分	0～60分	19分	0～60分	19分

級數	總分		分項成績			
			言語知識（文字・語彙・文法）・讀解		聽解	
	得分範圍	通過標準	得分範圍	通過門檻	得分範圍	通過門檻
N4	0～180分	90分	0～120分	38分	0～60分	19分
N5	0～180分	80分	0～120分	38分	0～60分	19分

※ 上列通過標準自 2010 年第 1 回 (7 月)【N4、N5 為 2010 年第 2 回 (12 月)】起適用。

缺考其中任一測驗科目者，即判定為不合格。寄發「合否結果通知書」時，含已應考之測驗科目在內，成績均不計分亦不告知。

4－4　測驗結果通知

依級數判定是否合格後，寄發「合否結果通知書」予應試者；合格者同時寄發「日本語能力認定書」。

■ N1, N2, N3

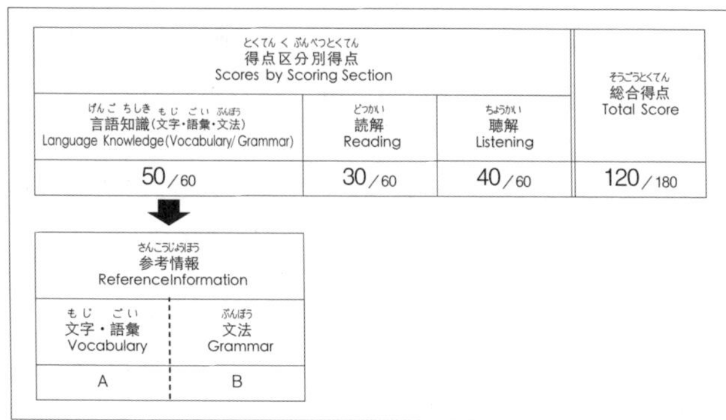

■ N4, N5

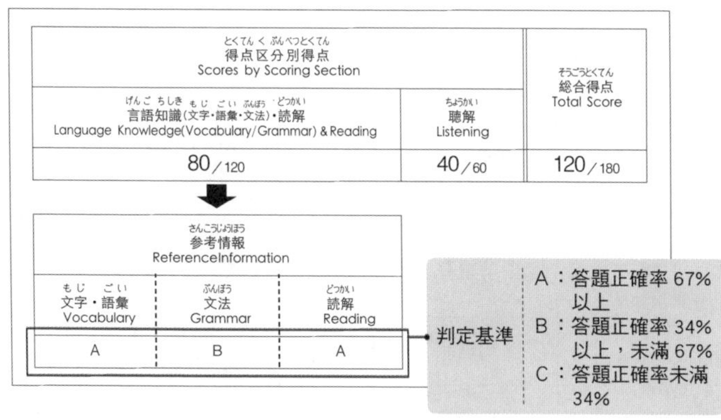

※ 各節測驗如有一節缺考就不予計分，即判定為不合格。雖會寄發「合否結果通知書」但所有分項成績，含已出席科目在內，均不予計分。各欄成績以「*」表示，如「**／60」。

※ 所有科目皆缺席者，不寄發「合否結果通知書」。

N5 題型分析

測驗科目（測驗時間）		試題內容				
		題型			小題題數＊	分析
語言知識（25分）	文字、語彙	1	漢字讀音	◇	12	測驗漢字語彙的讀音。
		2	假名漢字寫法	◇	8	測驗平假名語彙的漢字及片假名的寫法。
		3	選擇文脈語彙	◇	10	測驗根據文脈選擇適切語彙。
		4	替換類義詞	○	5	測驗根據試題的語彙或說法，選擇類義詞或類義說法。
語言知識、讀解（50分）	文法	1	文句的文法 1（文法形式判斷）	○	16	測驗辨別哪種文法形式符合文句內容。
		2	文句的文法 2（文句組構）	◆	5	測驗是否能夠組織文法正確且文義通順的句子。
		3	文章段落的文法	◆	5	測驗辨別該文句有無符合文脈。
	讀解＊	4	理解內容（短文）	○	3	於讀完包含學習、生活、工作相關話題或情境等，約 80 字左右的撰寫平易的文章段落之後，測驗是否能夠理解其內容。
		5	理解內容（中文）	○	2	於讀完包含以日常話題或情境為題材等，約 250 字左右的撰寫平易的文章段落之後，測驗是否能夠理解其內容。
		6	釐整資訊	◆	1	測驗是否能夠從介紹或通知等，約 250 字左右的撰寫資訊題材中，找出所需的訊息。
聽解（30分）		1	理解問題	◇	7	於聽取完整的會話段落之後，測驗是否能夠理解其內容（於聽完解決問題所需的具體訊息之後，測驗是否能夠理解應當採取的下一個適切步驟）。
		2	理解重點	◇	6	於聽取完整的會話段落之後，測驗是否能夠理解其內容（依據剛才已聽過的提示，測驗是否能夠抓住應當聽取的重點）。
		3	適切話語	◆	5	測驗一面看圖示，一面聽取情境說明時，是否能夠選擇適切的話語。
		4	即時應答	◆	6	測驗於聽完簡短的詢問之後，是否能夠選擇適切的應答。

＊「小題題數」為每次測驗的約略題數，與實際測驗時的題數可能未盡相同。此外，亦有可能會變更小題題數。

＊有時在「讀解」科目中，同一段文章可能會有數道小題。

＊符號標示：「◆」舊制測驗沒有出現過的嶄新題型；「◇」沿襲舊制測驗的題型，但是更動部分形式；「○」與舊制測驗一樣的題型。

資料來源：《日本語能力試驗 JLPT 官方網站：分項成績・合格判定・合否結果通知》。2016年1月11日，取自：http://www.jlpt.jp/tw/guideline/results.html

在讀完包含學習、生活、工作相關話題或情境等，約 80 字左右撰寫平易的文章段落之後，測驗是否能夠理解其內容。

理解內容／短文

考前要注意的事

作答流程 & 答題技巧

閱讀說明：先仔細閱讀考題說明

閱讀問題與內容：

預估有 3 題

1 考試時建議先看提問及選項，再看文章。

2 閱讀經過改寫後的約 180 字的短篇文章，測驗是否能夠理解文章內容。以生活、工作、學習或情境為主題的簡單文章，有時候會配上插圖。

3 提問一般用「～ときは、どうしますか」（…時，該怎麼做好呢？）、「～はどれですか」（…是哪一個呢？）的表達方式。

4 也會出現同一個意思，改用不同詞彙的作答方式。另外提問與內容不符的選項也常出現，要小心應答。

答題：選出正確答案

もんだい 4 Reading

つぎの (1) から (3) の ぶんしょうを 読んで、しつもんに こたえて ください。こたえは、1・2・3・4 から いちばん いい ものを 一つ えらんで ください。

(1)…………………………………………………………………………

きょうの 昼、友だちが うちに ごはんを 食べに 来ますので、今 母が 料理を 作って います。わたしは、フォークと スプーンを テーブルに 並べました。おさらは 友だちが 来て から 出します。

27 今、テーブルの 上に 何が ありますか。

1 フォーク

2 フォークと スプーン

3 おさら

4 フォークと スプーンと おさら

(2)…………………………………………………………………………

きょうは 山に 登りました。きれいな 花が さいていたので、向こうの 山も 入れて 写真を とりました。鳥も いっしょに とりたかったのですが、写真に 入りませんでした。

28 とった　写真は　どれですか。

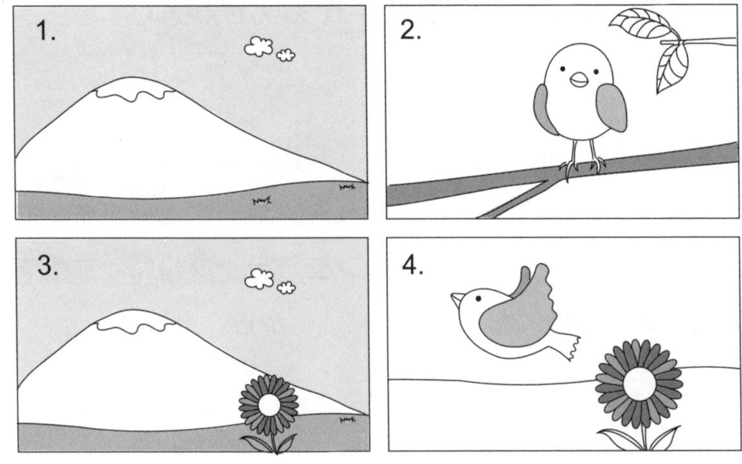

(3)……………………………………………………………………

友だちに　メールを　書きました。

来週、日本に　帰ります、一度　会いませんか。わたしは　月曜日の　夜に　日本に　着きます。火曜日と　木曜日は　出かけますが、水曜日は　だいじょうぶです。金曜日は　おばさんの　家に　行きます。

29 「わたし」は　いつ　時間が　ありますか。

1　来週は　毎日　　2　月曜日
3　水曜日　　4　火曜日と　木曜日

もんだい 4 Reading

つぎの (1)から (3)の ぶんしょうを 読(よ)んで、しつもんに こたえて ください。こたえは、1·2·3·4から いちばん いい ものを 一(ひと)つ えらんで ください。

(1)

きょうの 昼(ひる)、友(とも)だちが うちに ごはんを 食(た)べに（文法詳見 P26）来(き)ますので、今(いま) 母(はは)が 料理(りょうり)を 作(つく)って います。わたしは、**フォークと スプーンを テーブルに 並(なら)べました。**（關鍵句）おさらは 友(とも)だちが 来(き)て から 出(だ)します。

27 今(いま)、テーブルの 上(うえ)に 何(なに)が ありますか。

1 フォーク
2 フォークと スプーン
3 おさら
4 フォークと スプーンと おさら

- □ 今日(きょう) 今天
- □ 昼(ひる) 白天
- □ 友(とも)だち 朋友
- □ 家(うち) 家裡
- □ ごはん 飯
- □ 食(た)べる 吃
- □ 来(く)る 來
- □ 今(いま) 現在
- □ 母(はは) 我的媽媽；家母
- □ 料理(りょうり) 料理
- □ 作(つく)る 作〈飯〉
- □ わたし 我〈自稱詞〉
- □ フォーク 叉子
- □ スプーン 湯匙
- □ テーブル 餐桌
- □ 並(なら)べる 排列；排整齊
- □ お皿(さら) 盤子
- □ 出(だ)す 拿…出來

請先閱讀下面的文章(1)～(3)再回答問題。請從選項1・2・3・4當中選出一個最適當的答案。

(1)

今天中午朋友要來我家吃飯，所以家母現在正在煮菜。我把叉子和湯匙排放在餐桌上。盤子就等朋友來了之後再拿出來。

27 請問現在餐桌上有什麼呢？

Answer 2

1 叉子
2 叉子和湯匙
3 盤子
4 叉子、湯匙和盤子

解題攻略

這一題問題關鍵在「今」(現在)，問的是當下的事情，重點在「フォークとスプーンをテーブルに並べました」(把叉子和湯匙排放在餐桌上)，從這一句可以得知餐桌上至少有叉子和湯匙，所以選項1、3是錯的。

至於盤子有沒有在餐桌上面，就要看「おさらは友だちが来てから出します」(盤子就等朋友來了之後再拿出來)。

句型「～てから」(先...)表示動作先後順序，意思是先做前項動作再做後項動作，表示朋友來了之後盤子才要拿出來，由此可知盤子現在沒有擺放在餐桌上面，所以選項4是錯的，正確答案是2。

(2)

きょうは　山(やま)に　登(のぼ)りました。**きれいな　花(はな)が　さいて　いたので、向(む)こうの　山(やま)も　入(い)れて　写真(しゃしん)を　とりました。** 鳥(とり)も　いっしょに　とりたかったのですが、写真(しゃしん)に　入(はい)りませんでした。

關鍵句

が 文法詳見 P26

28　とった　写真(しゃしん)は　どれですか。

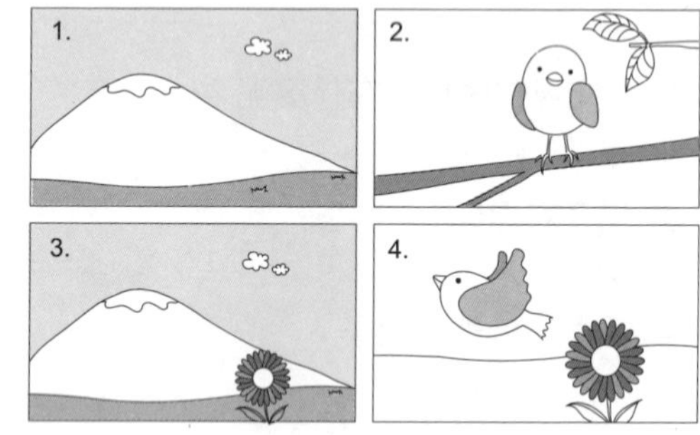

- □ 山(やま) 山
- □ 登(のぼ)る 登〈山〉
- □ きれい 美麗的
- □ 花(はな) 花
- □ 咲(さ)く 〈花〉開
- □ 向(む)こう 對面
- □ 一緒(いっしょ)に 一起
- □ 写真(しゃしん) 照片
- □ 撮(と)る 照〈相〉
- □ 鳥(とり) 鳥
- □ 入(はい)る 進去…

(2)

今天我去爬山。山上有盛開的漂亮花朵，所以我把它和對面那座山一起拍了進去。原本也想要拍小鳥的，可是牠沒有入鏡。

28 請問拍到的照片是哪一張呢？

Answer **3**

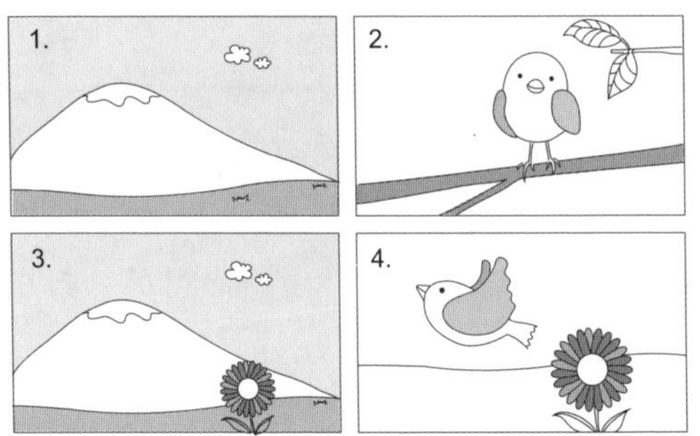

解題攻略

這一題解題關鍵在「きれいな花がさいていたので、向こうの山も入れで写真をとりました」(山上有盛開的漂亮花朵，所以我把它和對面那座山一起拍了進去)，從上下文關係可以判斷這邊舉出的是前面提到的花和這一句提到的山，所以照片裡一定有花和山，因此選項１、２、４都是錯的，正確答案是３。

如果要形容花盛開，可以說「花がさいています」，這邊用過去式「花がさいていた」，暗示當時作者看到的樣子是盛開的，現在就不曉得了。

「鳥もいっしょにとりたかったのですが、写真に入りませんでした」(原本也想要拍小鳥的，可是牠沒有入鏡)，這一句的「～たかった」表示說話者原本有某種希望、心願，後面常常會接逆接的「が」來傳達「我本來想…可是…」的惋惜語氣。

(3)

友(とも)だちに　メールを　書(か)きました。
└文法詳見 P26

来週(らいしゅう)、日本(にほん)に　帰(かえ)ります、一度(いちど)　会(あ)いませんか。わたしは　月曜日(げつようび)の　夜(よる)に　日本(にほん)に　着(つ)きます。火曜日(かようび)と　木曜日(もくようび)は　出(で)かけますが、**水曜日(すいようび)はだいじょうぶです。**金曜日(きんようび)は　おばさんの　家(うち)に　行(い)きます。

└文法詳見 P26

關鍵句

- □ メール 電子郵件
- □ 来週(らいしゅう) 下週
- □ 日本(にほん) 日本
- □ 帰(かえ)る 回…
- □ 会(あ)う 見面
- □ 月曜日(げつようび) 星期一
- □ 夜(よる) 晚上
- □ 着(つ)く 到達
- □ 火曜日(かようび) 星期二
- □ 木曜日(もくようび) 星期四
- □ 出(で)かける 出門
- □ 水曜日(すいようび) 星期三
- □ 大丈夫(だいじょうぶ) 沒問題；靠得住
- □ 金曜日(きんようび) 星期五
- □ おばさん 阿姨

29 「わたし」は　いつ　時間(じかん)が　ありますか。

1　来週(らいしゅう)は　毎日(まいにち)
2　月曜日(げつようび)
3　水曜日(すいようび)
4　火曜日(かようび)と　木曜日(もくようび)

(3)

我寫了封電子郵件給朋友。

下週我會回日本。要不要見個面呢？我星期一晚上抵達日本。星期二和星期四要出門，不過星期三沒事。星期五要去一趟阿姨家。

這一題問題關鍵在「いつ」(什麼時候)，要仔細留意文章裡面出現的時間、日期、星期。

解題重點在「火曜日と木曜日は出かけますが、水曜日はだいじょうぶです」這一句，說明自己星期二和星期四都要出門(＝有事)，所以選項1、4是錯的。

「だいじょうぶ」有「沒關係」的意思，可以用來表示肯定，在這邊是指時間上不要緊，也就是說自己星期三可以赴約，句型「Aは～が、Bは～」表示「A是這樣的，但B是那樣的」，呈現出A和B兩件事物的對比。

29 請問「我」什麼時候有空呢？

Answer **3**

1 下週每一天
2 星期一
3 星期三
4 星期二和星期四

月曜日(星期一)的行程是「夜に日本に着きます」(晚上抵達日本)，可見這一天約見面不太恰當，所以選項2是錯的，正確答案是3。

文法と萬用句型

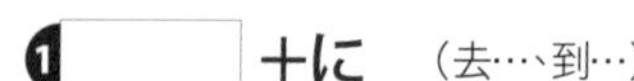

【動詞ます形；する動詞詞幹】＋に。表示動作、作用的目的、目標。

1 ＿＿ ＋に　（去…、到…）

例句　泳ぎに　行きます。
去游泳。

[替換單字]
- □ 勉強　念書
- □ 遊び　玩
- □ 旅行　旅行

【名詞です（だ）；形容動詞詞幹だ；[形容詞・動詞] 丁寧形（普通形）】＋が。表示連接兩個對立的事物，前句跟後句內容是相對立的。

2 ＿＿ ＋が　（但是…）

例句　おいしいですが、高いです。
雖然很好吃，但是很貴。

[替換單字]
- □ 丈夫だ・不便です　堅固／不方便
- □ 書きました・出して　いません　寫完了／沒有提出

【名詞（對象）】＋に。表示動作、作用的對象。

3 ＿＿ ＋に　（給…、跟…）

例句　弟に　メールを　出しました。
寄電子郵件給弟弟了。

[替換單字]
- □ 両親　父母
- □ 兄弟　兄弟姊妹
- □ 家族　家人

【動詞ます形】＋ませんか。表示行為、動作是否要做，在尊敬對方抉擇的情況下，有禮貌地勸誘對方，跟自己一起做某事。

4 ＿＿ ＋ませんか　（要不要…吧）

例句　週末、遊園地へ　行きませんか。
週末要不要一起去遊樂園？

[替換單字]
- □ 実家に　帰り　回老家
- □ 映画を　見に　行き　去看電影

小知識大補帖

▸照合影時該怎麼說呢？

想和別人一起拍照合影時該怎麼說呢？只要說「一緒に写真を撮ってもいいですか」（可以一起拍張照嗎）就可以了。想和大家合影時，可以說「みんなで写真を撮りませんか」（大家一起拍照好嗎）。如果是想請別人幫自己拍照，則可以說「写真を撮っていただけますか」（可以幫我拍照嗎）。

另外，日本人在幫他人拍照時不會數 1、2、3，通常會說「はい、チーズ」。這裡的「チーズ」就是食物的「cheese」，而原因據說是過去照相館拍照的成本昂貴，為了能一次就拍攝成功，拍攝者會說「はい、チーズ」，被攝者則回答「チーズ」，此時的嘴型會微微上揚，看起來就像在自然的微笑，因而延用至今。

MEMO

もんだい 4　Reading

つぎの　(1) から　(3) の　ぶんしょうを　読んで、しつもんに　こたえて　ください。こたえは、1・2・3・4から　いちばん　いい　ものを　一つ　えらんで　ください。

(1)……………………………………………………………………………

　きょう　お昼に、本屋へ　10月の　雑誌を　買いに　行きましたが、売って　いませんでした。お店の　人が、あしたか　あさってには　お店に　来ると　言いましたので、あさって　もう　一度　行きます。

27　いつ　雑誌を　買いに　行きますか。

1　来月
2　きょうの　午後
3　あさって
4　あした

(2)……………………………………………………………………………

　5日前に　犬が　生まれました。名前は　サクラです。しろくて　とても　かわいいです。母犬の　モモは　右の　前の　足が　くろいですが、サクラは　左の　うしろの　足が　くろいです。

28 生まれた　犬は　どれですか。

(3)………………………………………………………………………

机の　上に　メモが　あります。

　わたしと　山田先生は　となりの　部屋で　会議を　して　います。ほかの　学校からも　先生が　5人　来ました。会議で　使う　資料は　今　4枚　ありますが、3枚　足りませんので、コピーを　お願いします。

29 今　となりの　部屋には　全部で　何人　いますか。

1　3人　　　2　5人

3　7人　　　4　8人

もんだい 4 Reading

つぎの (1)から (3)の ぶんしょうを 読(よ)んで、しつもんに こたえて ください。こたえは、1·2·3·4から いちばん いい ものを 一(ひと)つ えらんで ください。

(1)

きょう お昼(ひる)に、本屋(ほんや)へ 10月(がつ)の 雑誌(ざっし)を 買(か)いに 行(い)きましたが、売(う)って いませんでした。お店(みせ)の 人(ひと)が、あしたか あさってには お店(みせ)に 来(く)ると 言(い)いましたので、**あさって もう 一度(いちど) 行(い)きます。**

└文法詳見 P36

27 いつ 雑誌(ざっし)を 買(か)いに 行(い)きますか。

└文法詳見 P36

1 来月(らいげつ)
2 きょうの 午後(ごご)
3 あさって
4 あした

□ 本屋(ほんや) 書店
□ 雑誌(ざっし) 雜誌
□ 買(か)う 買
□ 売(う)る 賣
□ お店(みせ) 店家
□ あした 明天
□ あさって 後天
□ もう一度(いちど) 再一次

請先閱讀下面的文章(1)～(3)再回答問題。請從選項１・２・３・４當中選出一個最適當的答案。

(1)

今天中午我去書店買 10 月號雜誌，但是書店沒有賣。店員說，明天或後天雜誌會到貨，所以我後天還要再去一趟。

27 請問什麼時候要去買雜誌呢？

Answer **3**

1 下個月
2 今天下午
3 後天
4 明天

解題攻略

這一題問題關鍵在「いつ」，要注意題目出現的時間。

解題重點在「お店の人が、あしたかあさってにはお店に来ると言いましたので、あさってもう一度行きます」，這一句明確地指出作者要後天再去一趟書局（買雜誌），因此正確答案是３。

「あしたかあさって」（明天或後天）是指雜誌到貨的時間，「か」是「或」的意思，表示有好幾種選擇，每一種都可以。

(2)

5日前(かまえ)に　犬(いぬ)が　生(う)まれました。名前(なまえ)は　サクラです。**しろくて　とても　かわいいです。**母犬(ははいぬ)の　モモは　右(みぎ)の　前(まえ)の　足(あし)が　くろいですが、**サクラは　左(ひだり)の　うしろの　足(あし)が　くろいです。**

關鍵句

關鍵句

文法詳見 P36

28 生(う)まれた　犬(いぬ)は　どれですか。

- □ 犬(いぬ) 狗
- □ 生(う)まれる 出生
- □ 名前(なまえ) 名字
- □ しろい 白色
- □ かわいい 可愛的
- □ 母犬(ははいぬ) 狗媽媽
- □ 右(みぎ) 右邊
- □ 前(まえ) 前面
- □ 足(あし) 腳
- □ くろい 黑色
- □ 左(ひだり) 左邊
- □ 後(うし)ろ 後方

(2)

5天前小狗出生了。名字叫小櫻。白白的好可愛。狗媽媽桃子的右前腳是黑色的，小櫻則是左後腳是黑色的。

28 請問出生的小狗是哪一隻呢？

Answer **4**

解題攻略

這一題要抓出對小狗寶寶的形容。文章提到「名前はサクラです」(名字是「小櫻」)，到底是誰的名字呢？從前面一句「5日前に犬が生まれました」(5天前小狗出生了)可以推測這一句描述的是這隻出生的小狗，所以「小櫻」是小狗寶寶的名字。

從「しろくてとてもかわいいです」、「サクラは左のうしろの足がくろいです」可以得知出生的小狗身體是白的，左後腳是黑的。正確答案是4。

「母犬のモモは右の前の足がくろいですが、サクラは左のうしろの足がくろいです」(狗媽媽桃子的右前腳是黑色的，小櫻則是左後腳是黑色的)這一句運用了「Aは〜が、Bは〜」句型，表示「A是這樣的，但B是這樣的」，呈現出狗媽媽和小狗毛色不同的對比。

(3)

机の　上に　メモが　あります。

わたしと　山田先生は　となりの　部屋で　会議を　して　います。ほかの　学校からも　先生が　5人　来ました。会議で　使う　資料は　今　4枚ありますが、3枚　足りませんので、コピーを　お願いします。

文法詳見 P36
文法詳見 P37

關鍵句

- □ 机 桌子
- □ メモ 備忘錄，紙條
- □ 先生 老師
- □ 部屋 房間
- □ 会議 會議
- □ 学校 學校
- □ 使う 使用
- □ 資料 資料
- □ ～枚 …張
- □ 足りる 充分；足夠
- □ コピー 影印
- □ 全部で 總共

29 今　となりの　部屋には　全部で　何人　いますか。

1　3人
2　5人
3　7人
4　8人

(3)

書桌上有張紙條。

我和山田老師在隔壁房間開會。其他學校也派了 5 位老師過來。現在在會議上使用的資料有 4 張，不過還少了 3 張，所以請你影印一下。

這一題問題關鍵在「全部で」，問的是全部的人數，這邊的「で」表示數量的總和，和文章裡面的「会議で使う資料」表示動作發生場所的「で」(在…) 意思不同。

解題重點在「わたしと山田先生はとなりの部屋で会議をしています。ほかの学校からも先生が 5 人来ました」(我和山田老師在隔壁房間開會。其他學校也派了 5 位老師過來)，由此可知現在會議室裡面有「わたし」、山田老師和其他學校的 5 位老師，所以一共有 7 人。正確答案是 3 。

29 請問現在隔壁房間一共有幾個人呢？

Answer **3**

1 3人
2 5人
3 7人
4 8人

「コピーをお願いします」(麻煩你影印一下) 的「～をお願いします」用來請求別人做某件事，或是向別人要什麼東西。

文法と萬用句型

【名詞；形容詞普通形；形容動詞詞幹；動詞普通形】＋か＋【名詞；形容詞普通形；形容動詞詞幹；動詞普通形】＋か。「か」也可以接在最後的選擇項目的後面。跟「～か～」一樣，表示在幾個當中，任選其中一個。

1 [ ] ＋か＋ [ ] ＋か

（…或是…）

例句 辺見（へんみ）さんが 結婚（けっこん）して いるか いないか、知（し）って いますか。

你知道邊見小姐結婚了還是還沒嗎？

【動詞ます形；する動詞詞幹】＋に。表示動作、作用的目的、目標。

2 [ ] ＋に （去…、到…）

例句 図書館（としょかん）へ 勉強（べんきょう）に 行（い）きます。

去圖書館唸書。

【名詞】＋は～が、【名詞】＋は。「は」除了提示主題以外，也可以用來區別、比較兩個對立的事物，也就是對照地提示兩種事物。

3 [ ] ＋は～が、 [ ] ＋は

（但是…）

例句 バターは ありますが、醤油（しょうゆ）は ありません。

有奶油，但是沒有醬油。

［替換單字］

☐ **塩**（しお） 鹽・**砂糖**（さとう） 砂糖

☐ **岩**（いわ） 岩石・**木**（き） 樹

【名詞】＋で。「で」的前項為後項動作進行的場所。不同於「を」表示動作所經過的場所，「で」表示所有的動作都在那一場所進行。

4 [ ] ＋で （在…）

例句 家（うち）で テレビを 見（み）ます。

在家看電視。

［替換單字］

☐ **部屋**（へや） 房間

☐ **ベッド** 床上

5 ［　　］+をお願（ねが）いします

（麻煩您…）

【名詞】+をお願（ねが）いします。用於想要什麼的時候，或是麻煩對方做事的時候。

例句　お皿（さら）を　お願（ねが）いします。

麻煩您把盤子給我。

［替換單字］

- ☐ スプーン　湯匙
- ☐ フォーク　餐叉
- ☐ グラス　玻璃杯

小知識大補帖

▶ 常見動物單字

除了「犬（いぬ）」（狗），「熊（くま）」（熊）、「鼠（ねずみ）」（老鼠）、「鶏（にわとり）」（雞）、「キリン」（長頸鹿）、「うさぎ」（兔）、「猫（ねこ）」（貓）這些常見的動物也一起記下來吧！

MEMO

もんだい4 Reading

つぎの (1)から (3)の ぶんしょうを 読んで、しつもんに こたえて ください。こたえは、1・2・3・4から いちばん いい ものを 一つ えらんで ください。

(1)……………………………………………………………………………

皆さん、今週の 宿題は 3ページだけです。21ページから 23ページまでです。月曜日に 出して ください。24ページと 25ページは 来週の じゅぎょうで やります。

27 今週の 宿題は、どうなりましたか。

1 ありません

2 3ページまで

3 21ページから 23ページまで

4 24ページから 25ページまで

(2)……………………………………………………………………………

わたしの 部屋には 窓が 一つしか ありません。窓の 上には 時計が かかって います。テレビは ありませんが、本棚の 上に ラジオが あります。あした 父と パソコンを 買いに 行きますので パソコンは 机の 上に 置きます。

28 今の　部屋は　どれですか。

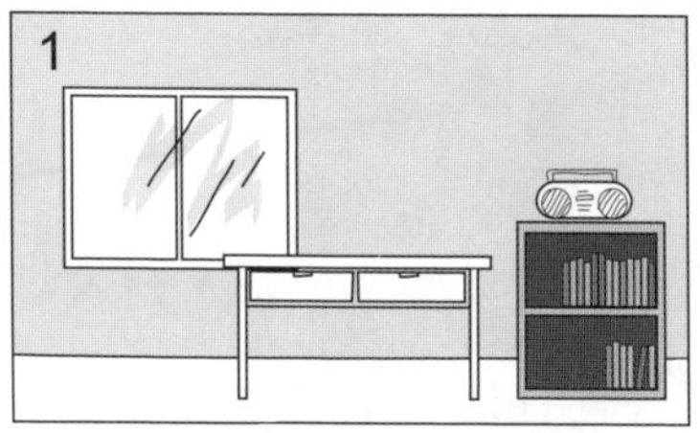

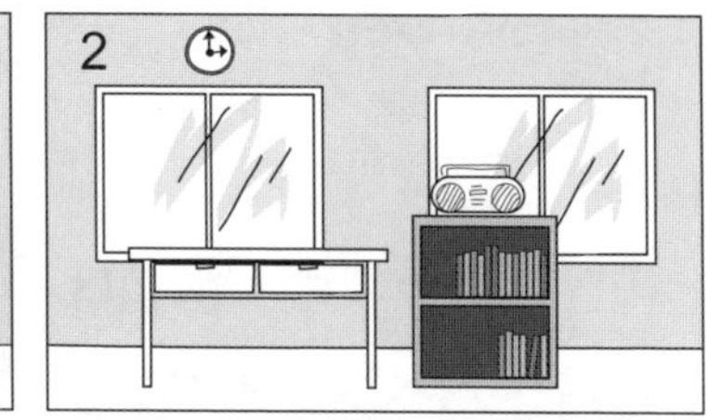

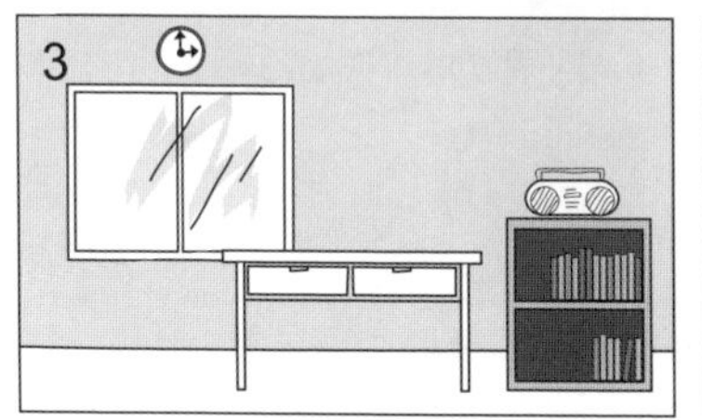

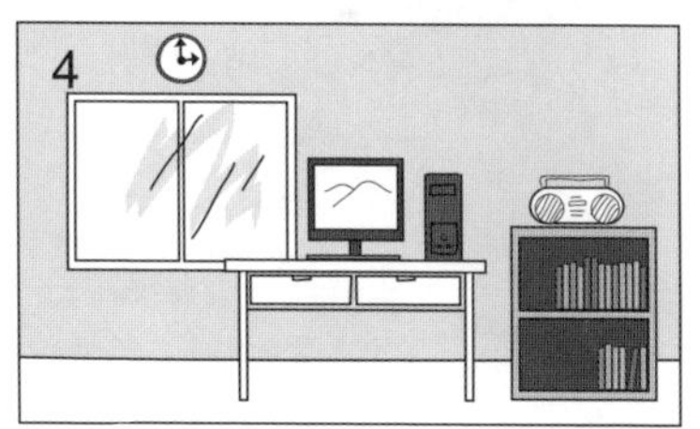

(3)

山田さんが　友だちに　メールを　書きました。

> 土曜日の　カラオケ、わたしも　行きたいですが、その　日は　昼から　夜まで　仕事が　あります。でも、日曜日は　休みです。日曜日に　行きませんか。あとで　時間を　教えて　ください。

29 山田さんは　いつ　働いて　いますか。

1　土曜日の　昼から　夜まで
2　土曜日の　昼まで
3　土曜日の　夜から
4　日曜日

もんだい 4 Reading

つぎの (1)から (3)の ぶんしょうを 読(よ)んで、しつもんに こたえて ください。こたえは、1·2·3·4から いちばん いい ものを 一(ひと)つ えらんで ください。

(1)

皆(みな)さん、**今週(こんしゅう)の　宿題(しゅくだい)は　３ページだけです。21ページから　23ページまでです。** 月曜日(げつようび)に　出(だ)して　ください。24ページと　25ページは　来週(らいしゅう)の　じゅぎょうで　やります。

關鍵句

文法詳見 P46

文法詳見 P46

文法詳見 P46

27 今週(こんしゅう)の　宿題(しゅくだい)は、どうなりましたか。

1　ありません
2　３ページまで
3　21ページから　23ページまで
4　24ページから　25ページまで

□ 今週(こんしゅう) 本週
□ 宿題(しゅくだい) 家庭作業
□ ページ 頁碼；第…頁
□ 授業(じゅぎょう) 教課；上課
□ やる 做〈某事〉

請先閱讀下面的文章(1)～(3)再回答問題。請從選項1・2・3・4當中選出一個最適當的答案。

(1)

各位同學，這禮拜的作業只有 3 頁。從第 21 頁寫到第 23 頁。請在星期一繳交。第 24 頁和第 25 頁要在下禮拜的課堂上寫。

27 請問這禮拜的作業是什麼？

Answer **3**

1 沒作業
2 寫到第 3 頁
3 從第 21 頁到第 23 頁
4 從第 24 頁到第 25 頁

解題攻略

這一題的解題關鍵在「今週の宿題は 3 ページだけです。21 ページから 23 ページまでです」(這禮拜的作業只有 3 頁。從第 21 頁寫到第 23 頁)。正確答案是 3 。

「21 ページから 23 ページまでです」這一句因為前面已經提過「今週の宿題は」，為了避免繁複所以省略了主語，它是接著上一句繼續針對這個禮拜的作業進行描述。

(2)

わたしの 部屋(へや)には 窓(まど)が 一つ(ひと)しか ありません。 ＜關鍵句
└文法詳見 P46

窓(まど)の 上(うえ)には 時計(とけい)が かかって います。テレビは
└文法詳見 P47

ありませんが、本棚(ほんだな)の 上(うえ)に ラジオが あります。あした 父(ちち)と パソコンを 買(か)いに 行(い)きますので パソコンは 机(つくえ)の 上(うえ)に 置(お)きます。

28 今(いま)の 部屋(へや)は どれですか。

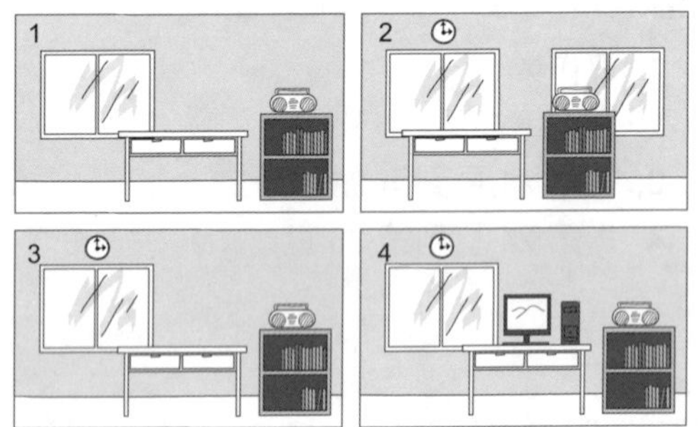

- □ 窓(まど) 窗戶
- □ 時計(とけい) 時鐘
- □ かかる 垂掛
- □ テレビ 電視
- □ 本棚(ほんだな) 書架；書櫃
- □ ラジオ 收音機
- □ パソコン 電腦
- □ 置(お)く 放置

(2)

我的房間只有一扇窗而已。窗戶上方掛了一個時鐘。雖然沒有電視機，但是書櫃的上面有一台收音機。明天我要和爸爸去買電腦，電腦要擺在書桌上面。

28 請問現在房間是哪一個呢？

Answer **3**

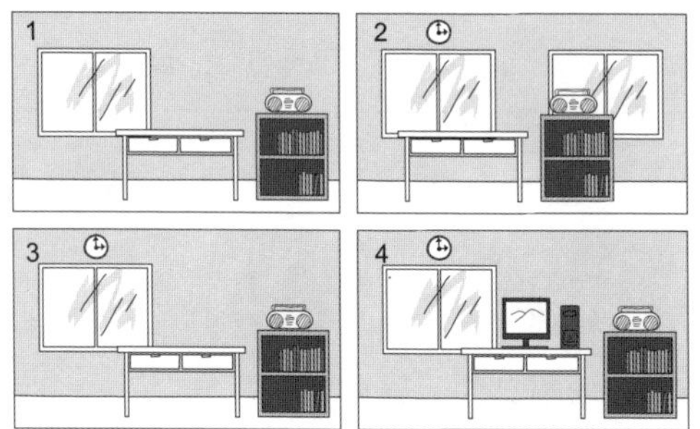

解題攻略

這一題要從全文的敘述來找出房間的樣貌，問題問的是「今」(現在)，所以要注意時態。

「わたしの部屋には窓が一つしかありません」，從這一句可以得知房間的窗戶只有一扇，所以選項2是錯的。

「窓の上には時計がかかっています」表示窗戶上方掛了一個時鐘，可見選項1是錯的。

文章接下來又提到「テレビはありませんが、本棚の上にラジオがあります」，指出房間裡面沒有電視機，書櫃上面有台收音機。

最後作者又說「あした父とパソコンを買いに行きますのでパソコンは机の上に置きます」，指出明天才要去買電腦，買回來的電腦要擺在書桌上，所以現在房間裡並沒有電腦，選項4是錯的。正確答案是3。

(3)

山田さんが　友だちに　メールを　書きました。

文法詳見 P47

> **土曜日の　カラオケ、わたしも　行きたいですが、**
> 文法詳見 P47
> **その　日は　昼から　夜まで　仕事が　あります。**
> でも、日曜日は　休みです。日曜日に　行きませんか。あとで　時間を　教えて　ください。
> 文法詳見 P47

關鍵句

- □ カラオケ　卡拉OK
- □ 仕事　工作
- □ 日曜日　星期日
- □ あとで　…之後
- □ 時間　時間
- □ 教える　教導；告訴
- □ 働く　工作

29 山田さんは　いつ　働いて　いますか。

1　土曜日の　昼から　夜まで

文法詳見 P48

2　土曜日の　昼まで

3　土曜日の　夜から

4　日曜日

(3)

山田小姐寫電子郵件給朋友。

星期六的卡拉 OK 我雖然也很想去，但是那天我要從中午工作到晚上。不過禮拜日我就休息了。要不要禮拜日再去呢？等一下請告訴我時間。

這一題問的是「いつ」(什麼時候)，所以要注意文章裡面出現的時間表現。

解題關鍵在「土曜日のカラオケ、わたしも行きたいですが、その日は昼から夜まで仕事があります」這一句。問題問的是「いつ働いていますか」，「働く」可以對應到文章裡面的「仕事」，可見「その日は昼から夜まで仕事があります」(那天我要從中午工作到晚上)就是答案所在。

不過這個「その日」(那天)指的又是哪天呢？關鍵就在前一句的「土曜日」(禮拜六)。山田先生工作時間應該是星期六的中午到晚上，正確答案是1。

29 請問山田小姐工作的時間是什麼時候？

Answer 1

1 星期六的中午到晚上
2 到星期六的中午
3 從星期六晚上開始
4 星期日

文法と萬用句型

【名詞；形容動詞詞幹な；[形容詞・動詞]普通形】＋だけ。表示只限於某範圍，除此以外沒有別的了。

1 ＋だけ （只、僅僅）

例句 お弁当(べんとう)は 一(ひと)つだけ 買(か)います。
只買一個便當。

[替換單字]
- □ 少(すこ)し 一點
- □ 好(す)きな 喜歡的
- □ 小(ちい)さい 小的
- □ ある 有的

【名詞】＋から＋【名詞】＋まで。表示時間或距離的範圍，「から」前面的名詞是開始的時間或地點，「まで」前面的名詞是結束的時間或地點。

2 ＋から＋ ＋まで （從…到…）

例句 朝(あさ)から 晩(ばん)まで 忙(いそが)しいです。
從早忙到晚。

[替換單字]
- □ 昨日(きのう) 昨天・今日(きょう) 今天
- □ 一日(ついたち) 1 號・十日(とおか) 10 號
- □ 先週(せんしゅう) 上星期・今週(こんしゅう) 這星期

【動詞て形】＋ください。表示請求、指示或命令某人做某事。一般常用在老師對學生、上司對部屬、醫生對病人等指示、命令的時候。

3 ＋てください （請…）

例句 これを 開(あ)けて ください。
請打開這個。

[替換單字]
- □ 教(おし)えて 教
- □ 買(か)って 買
- □ 洗(あら)って 洗
- □ 読(よ)んで 讀

【名詞（＋助詞）】＋しか～ない。「しか」下接否定，表示限定。

4 ＋しか～ない （只、僅僅）

例句 私(わたし)は あなたしか ない。
我只有你了。（你是我的唯一）

[替換單字]
- □ 5,000円(ごせんえん) 5000 圓
- □ 一(ひと)つ 一個
- □ 半分(はんぶん) 一半

5 ＋ています
（表結果或狀態的持續）

【動詞て形】＋います。表示某一動作後的結果或狀態還持續到現在，也就是說話的當時。

例句 絵（え）が　かかって　います。
掛著畫。

［替換單字］
□ ドアが　閉（し）まって　關著門
□ 電気（でんき）が　つけて　開著電燈

---

6 ＋に　（給…、跟…）

【名詞（對象）】＋に。表示動作、作用的對象。

例句 彼女（かのじょ）に　ペンを　渡（わた）しました。
把筆遞給了她。

---

7 ＋が　（但是…）

【名詞です（だ）；形容動詞詞幹だ；［形容詞・動詞］丁寧形（普通形）】＋が。表示連接兩個對立的事物，前句跟後句內容是相對立的。

例句 日本語（にほんご）は　難（むずか）しいですが、面白（おもしろ）いです。
雖然日語很難學，但是很有趣。

［替換單字］
□ 習（なら）いました 學了・できませんでした 做不來
□ 大好（だいす）きです 非常喜歡・不便（ふべん）です 不方便

---

8 ＋ませんか　（要不要…吧）

【動詞ます形】＋ませんか。表示行為、動作是否要做，在尊敬對方抉擇的情況下，有禮貌地勸誘對方，跟自己一起做某事。

例句 いっしょに　映画（えいが）を　見（み）ませんか。
要不要一起去看電影？

［替換單字］
□ 帰（かえ）り 回去　□ 行（い）き 去
□ 散歩（さんぽ）し 散步

文法と萬用句型

【名詞】+から+【名詞】+まで。表示時間或距離的範圍，「から」前面的名詞是開始的時間或地點，「まで」前面的名詞是結束的時間或地點。

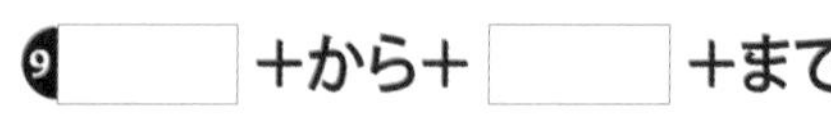

（從…到…）

例句 駅(えき)から郵便局(ゆうびんきょく)まで遠(とお)いです。

從車站到郵局很遠。

[替換單字]

□ 家(うち) 家・スーパー 超市

□ 病院(びょういん) 醫院・銀行(ぎんこう) 銀行

小知識大補帖

▶ 居家用品單字

其他住家相關單字還有「机(つくえ)」（桌子）、「椅子(いす)」（椅子）、「ベッド」（床）、「階段(かいだん)」（樓梯）、「部屋(へや)」（房間）、「トイレ」（廁所）、「台所(だいどころ)」（廚房）、「玄関(げんかん)」（玄關），不妨一起記下來哦！

▶ 必考星期單字

「月曜日(げつようび)」（星期一）、「火曜日(かようび)」（星期二）、「水曜日(すいようび)」（星期三）、「木曜日(もくようび)」（星期四）、「金曜日(きんようび)」（星期五）、「土曜日(どようび)」（星期六）、「日曜日(にちようび)」（星期日）。這些“星期”可是新日檢的必考題，您都記熟了嗎？

つぎの (1) から (3) の ぶんしょうを 読んで、しつもんに こたえて ください。こたえは、1・2・3・4から いちばん いい ものを 一つ えらんで ください。

(1)……………………………………………………………………

けさは いつもより 早く 新聞が 来ました。いつもは 朝 6時ぐらいですが、きょうは 30分 早かったです。わたしは 毎日、新聞が 来る 時間に 起きますが、きょう 起きた とき、新聞は もう 来て いました。

27 けさは 何時 ごろに 新聞が 来ましたか。

1 朝 6時ごろ
2 朝 6時半ごろ
3 朝 5時ごろ
4 朝 5時半ごろ

(2)

きょう、本屋で　買った　２さつの　本を　本棚に　入れました。大きくて　厚い　本は、下の　棚の　右の　ほうに入れました。小さくて　うすい　本は、上の　棚の　左の　ほうに　入れました。

28 今の　本棚は　どれですか。

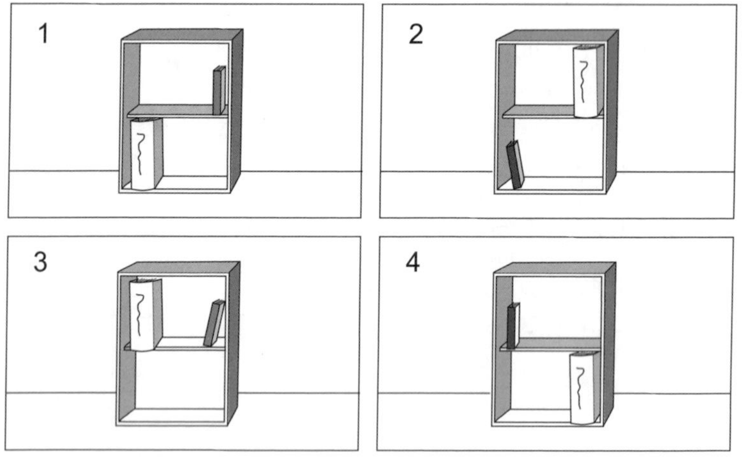

(3)……………………………………………………………

友だちに　メールを　書きました。

> 土曜日に　パーティーを　します。30人に　電話を　しましたが、18人は　その　日は　時間が　ないと　言って　いました。全部で　20人　ぐらい　集めたいので、ぜひ　来て　ください。

29 土曜日に　時間が　ある　人は　何人　いますか。

1　8人
2　12人
3　20人
4　30人

もんだい 4 Reading

つぎの (1)から (3)の ぶんしょうを 読んで、しつもんに こたえて ください。こたえは、1・2・3・4から いちばん いい ものを 一つ えらんで ください。

(1)

けさは いつもより 早く 新聞が 来ました。**いつもは 朝 6時ぐらいですが、きょうは 30分 早かったです。** わたしは 毎日、新聞が 来る 時間に 起きますが、きょう 起きた とき、新聞は もう 来て いました。

文法詳見 P58

文法詳見 P58

關鍵句

27 けさは 何時 ごろに 新聞が 来ましたか。

1 朝 6時ごろ
2 朝 6時半ごろ
3 朝 5時ごろ
4 朝 5時半ごろ

- □ 今朝 今天早上
- □ 早い 早的
- □ 起きる 起床
- □ もう 已經

請先閱讀下面的文章(1)～(3)再回答問題。請從選項1・2・3・4當中選出一個最適當的答案。

(1)

今早的報紙比平時都還早送來。平時是大約早上6點送來，今天卻早了30分鐘。我每天都在送報的時間起床，不過今天起床的時候，報紙已經送來了。

27 請問今早報紙大概是幾點送來的？

Answer **4**

1 早上6點左右
2 早上6點半左右
3 早上5點左右
4 早上5點半左右

解題攻略

這一題的解題關鍵在「いつもは朝6時ぐらいですが、今日は30分早かったです」(平時是大約早上6點送來，今天卻早了30分鐘)，比6點早30分鐘就是5點半，正確答案是選項4。

文中第一句「けさはいつもより早く新聞が来ました」(今早的報紙比平時都還早送來)用句型「AよりB～」(B比A還...)表示比較。

文中最後一句「今日起きたとき、新聞はもう来ていました」(今天起床的時候，報紙已經送來了)。「～とき」(...的時候)表示在某個時間點同時發生了後項的事情，「もう」後面如果接肯定表現，意思是「已經...」，如果接否定表現，則是「已經不...」的意思。句末「来ていました」的意思是「(我沒看到報紙送來，等我看到的時候，報紙)已經來了一段時間」。正確答案是4。

(2)

きょう、本屋で 買った 2さつの 本を 本棚に 入れました。**大きくて 厚い 本は、下の 棚の 右の ほうに 入れました。小さくて うすい 本は、上の 棚の 左の ほうに 入れました。**

└文法詳見 P58

關鍵句

28 今の 本棚は どれですか。

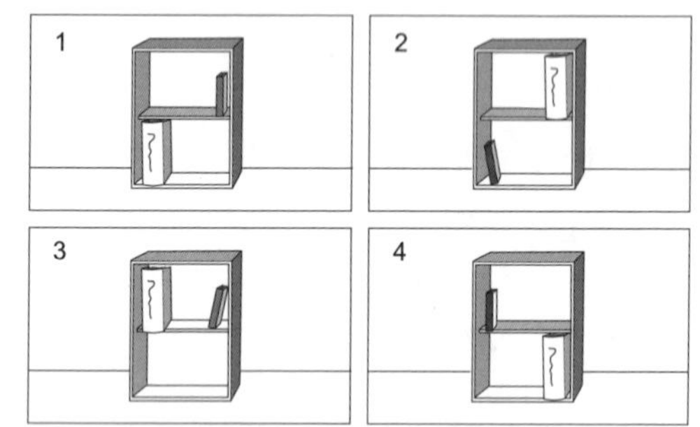

- □ ～冊 （數量詞）…本
- □ 入れる 放入
- □ 厚い 厚重的
- □ 下 下方
- □ 薄い 薄的
- □ 上 上面

(2)

今天我把在書店買的兩本書放進書櫃裡。又大又厚的書放在下層書櫃的右邊。又小又薄的書則是放在上層書櫃的左邊。

28 請問現在書櫃是哪一個？ Answer **4**

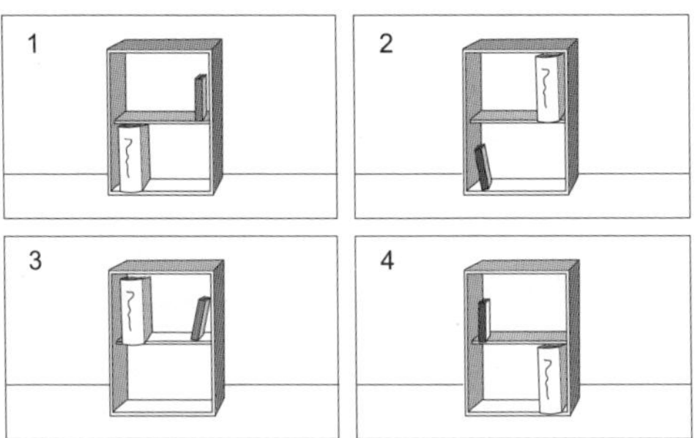

本題問的是「今」(現在)，這類強調時間點的題目經常會有情況的變化，所以請注意時態。

解題攻略

解題重點在「大きくて厚い本は、下の棚の右のほうに入れました。小さくてうすい本は、上の棚の左のほうに入れました」這兩句話。從過去式「入れました」可以得知「放置」的動作已經完成，所以現在的書櫃有兩本書，一本是又大又厚的書，放在下層書櫃的右邊，另一本是又小又薄的書，放在上層書櫃的左邊。正確答案是4。

若要連用兩個形容詞形容同一件事物，接續方式是把第一個形容詞去掉語尾的「い」再加上「くて」，然後接上第二個形容詞，如文中的「小さくてうすい本」(又小又薄的書)。

「～ほう」用來表示不明確的位置，因此「右のほう」僅表示右半邊那一區，並非明確的指最右邊的位置。

(3)

友(とも)だちに　メールを　書(か)きました。

土曜日(どようび)に　パーティーを　します。**30人(にん)に　電話(でんわ)を　しましたが、18人(にん)は　その　日(ひ)は　時間(じかん)が　ないと　言(い)って　いました。** 全部(ぜんぶ)で　20人(にん)　ぐらい　集(あつ)めたいので、ぜひ　来(き)て　ください。

└文法詳見 P58　└文法詳見 P59　文法詳見 P59┘

關鍵句

- □ 書(か)く 寫
- □ パーティー 派對
- □ 電話(でんわ) 電話
- □ ほか 其他
- □ 全部(ぜんぶ) 全部
- □ 集(あつ)める 召集；收集
- □ ぜひ 一定；務必

29 土曜日(どようび)に　時間(じかん)が　ある　人(ひと)は　何人(なんにん)　いますか。

1　8人(にん)
2　12人(にん)
3　20人(にん)
4　30人(にん)

(3)

我寫了封電子郵件給朋友。

星期六要開派對。我打電話給30個人，其中有18個人說他們昨天沒有空。我一共想邀請20個人來參加，所以請你一定要到場。

「30人に電話をしました」(打電話給30個人)的「に」表示動作的對象，如「友だちにメールを書きました」(寫信給朋友)，「に」可以翻譯成「給…」。

「ぜひ来てください」的「ぜひ」(務必…)表達強烈希望。「ぜひ～てほしい」、「ぜひ～てください」皆表示非常希望"別人"做某件事情，「ぜひ～たい」則表示說話者非常希望做某件事情。

解題關鍵在「何人」(幾人)，通常詢問人數的題型都會需要運算，所以請注意題目中出現過的人數。

文中第二句「30人に電話をしましたが、18人はその日は時間がないと言っていました」(我打電話給30個人，其中有18個人說他們那天沒有空)。

「そ」開頭的指示詞多是指前一句提到的人事物，因此「その日」(那天)就是「土曜日にパーティーをします」的「土曜日」(星期六)。

29 請問星期六有空的有幾個人呢？

Answer **2**

1 8人
2 12人
3 20人
4 30人

根據文章，30人當中有18個人表明星期六沒空，「30 - 18 = 12(人)」，所以星期六有空的有12人。正確答案是2。

もんだい 4　Reading

文法と萬用句型

【名詞】＋は＋【名詞】＋より。表示對兩件性質相同的事物進行比較後，選擇前者。「より」後接的是性質或狀態。如果兩件事物的差距很大，可以在「より」後面接「ずっと」來表示程度很大。

1　□　＋は＋　□　＋より

（…比…）

例句　飛行機（ひこうき）は　船（ふね）より　速（はや）いです。

飛機比船還快。

［替換單字］

- □ バス 公車・バイク 機車
- □ 電車（でんしゃ） 電車・車（くるま） 汽車
- □ 自動車（じどうしゃ） 汽車・自転車（じてんしゃ） 腳踏車
- □ 地下鉄（ちかてつ） 地下鐵・タクシー 計程車

【數量詞】＋ぐらい。用於對某段時間長度的推測、估計。一般用在無法預估正確的數量，或是數量不明確的時候。

2　□　＋ぐらい

（大約、左右、上下；和…一樣…）

例句　コンサートには　1万人（いちまんにん）ぐらい　来（き）ました。

演唱會來了大約一萬人。

【名詞】＋で。「で」的前項為後項動作進行的場所。不同於「を」表示動作所經過的場所，「で」表示所有的動作都在那一場所進行。

3　□　＋で　（在…）

例句　玄関（げんかん）で　靴（くつ）を　脱（ぬ）ぎました。

在玄關脫了鞋子。

【引用句子】＋と。「と」接在某人說的話，或寫的事物後面，表示說了什麼、寫了什麼。

4　□　＋と　（說…、寫著…）

例句　テレビで　「今日（きょう）は　晴（は）れるでしょう」と　言（い）って　いました。

電視的氣象預報說了「今日大致是晴朗的好天氣」。

5 ☐ +ので （因為…）

例句 雨なので　行きたく　ないです。

因為下雨，所以不想去。

［替換單字］

☐ 寒い 冷

☐ 不便な 不方便

☐ 仕事が　ある 有工作

【［形容詞・動詞］普通形】＋ので、【名詞；形容動詞詞幹】＋なので。表示原因、理由。前句是原因，後句是因此而發生的事。「～ので」一般用在客觀的自然的因果關係，所以也容易推測出結果。

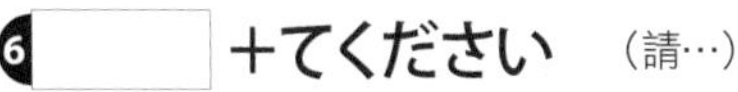

6 ☐ +てください （請…）

例句 この　問題が　分かりません。教えて　ください。

這道題目我不知道該怎麼解，請教我。

【動詞て形】＋ください。表示請求、指示或命令某人做某事。一般常用在老師對學生、上司對部屬、醫生對病人等指示、命令的時候。

小知識大補帖

▶訂購的日文怎麼說？

在日本，有許多家庭都訂閱特定的報紙，這叫做「新聞を取る」（訂閱報紙）。這裡的「取る」（訂閱）含有「配達してもらって買う」（買了以後請店家送來）的意思，其他還有「すしを取る」（訂壽司）、「ピザを取る」（訂披薩）等用法。

＊｛ ｝內也可自行帶入其他詞彙喔！

常用的表達關鍵句

01 表示引用

→｛母は「早く帰りなさい」｝と言いました／｛母親｝說了：「｛要早點回家！｝」

→｛子どもが「遊びたい」｝と言っています／｛孩子｝說：「｛好想出去玩！｝」

→｛「行くな」｝と言います／說：「｛不准去！｝」（禁止）

02 表示目的

→｛りんごを切る｝のに｛便利です｝／用來｛切蘋果很方便｝。

→｛買い物｝をしに｛行く｝（行く、来る）／｛前去購物｝。

→｛今から旅行｝に｛行きます｝（行く、来る）／｛現在要去旅行｝。

→｛日本のアニメを勉強する｝ために｛日本に留学するつもりです｝／為了｛學習製作日本動畫的技術，我打算赴日留學｝。

→｛イタリアの画を勉強する｝ために｛イタリア語を習っています｝／為了｛學習義大利的繪畫，現在正勤練著義大利話｝。

03 表示轉折關係

→｛何かの音がしました｝が、｛誰もいませんでした｝／雖然｛聽到了聲響｝，但｛那裡並沒有任何人｝。

→｛日本語は難しいです｝が、｛面白いです｝／｛日語｝雖然｛很難學｝，但是｛很有趣｝。

關鍵字記單字

▸關鍵字	▸▸▸單字	
向く（むく） 朝向	□ 前（まえ）	前，前面，前方
	□ 後（あと）	後邊，後面，（空間上的）後方
	□ 後ろ（うしろ）	後，後面；背後；背地裡
	□ 側（がわ）	一側；周圍；旁邊
	□ 東（ひがし）	東，東方
	□ 西（にし）	西，西方；西天；淨土
	□ 南（みなみ）	南方
	□ 北（きた）	北，北方
	□ 先（さき）	前方，前面，那面，往前
	□ 上（うえ）	上面；表面
	□ 下（した）	下，下面
	□ 背（せ）・背（せい）	後方，背景
	□ 方（ほう）	（方位）方，方向
	□ 曲（ま）がる	傾斜
	□ 左（ひだり）	左，左面
	□ 右（みぎ）	右；右方；上文，前文
	□ 向（む）こう	另一顏，另一邊
	□ 向（む）こう	前面，正面，對面（前方）；正對面
	□ 横（よこ）	歪；斜
	□ 横（よこ）	橫；顏面
	□ やる	朝向某處

もんだい 4 Reading

つぎの (1) から (3) の ぶんしょうを 読(よ)んで、しつもんに こたえて ください。こたえは、1・2・3・4から いちばん いい ものを 一(ひと)つ えらんで ください。

(1)

わたしは、毎日(まいにち) 漢字(かんじ)を 勉強(べんきょう)して います。月曜日(げつようび)から金曜日(きんようび)は 一日(いちにち)に 3つ、土曜日(どようび)と 日曜日(にちようび)は 5つずつ覚(おぼ)えます。がんばって もっと たくさんの 漢字(かんじ)を 覚(おぼ)えたいです。

27 「わたし」は 一週間(いっしゅうかん)に いくつの 漢字(かんじ)を 覚(おぼ)えますか。

1 15こ

2 20こ

3 25こ

4 30こ

(2)

ぼくの うちは 5人(にん) 家族(かぞく)です。兄(あに)と 姉(あね)が いますが、兄(あに)は 去年(きょねん)から 東京(とうきょう)に 住(す)んで います。姉(あね)も 来年(らいねん)から 遠(とお)くの 大学(だいがく)に 行(い)くので、さびしく なります。

28 今、いっしょに　住んで　いる　家族は　だれですか。

(3)……………………………………………………………

友だちに　メールを　書きました。

> けさは　頭が　痛かったので、学校を　休みました。熱も　ありましたので、病院へ　行って　かぜの　薬を　もらいました。今は、もう　元気ですから、心配しないで　ください。

29 けさ　この　人は　どうでしたか。

1　熱が　ありましたが、頭は　痛く　ありませんでした。
2　頭が　痛かったですが、熱は　ありませんでした。
3　頭が　痛くて、熱も　ありました。
4　とても　元気でした。

つぎの (1)から (3)の ぶんしょうを 読(よ)んで、しつもんに こたえて ください。こたえは、1·2·3·4から いちばん いい ものを 一(ひと)つ えらんで ください。

(1)

わたしは、毎日(まいにち) 漢字(かんじ)を 勉強(べんきょう)して います。**月曜日(げつようび)から 金曜日(きんようび)は 一日(いちにち)に 3つ、土曜日(どようび)と 日曜日(にちようび)は 5つずつ 覚(おぼ)えます。** がんばって もっと たくさんの 漢字(かんじ)を 覚(おぼ)えたいです。

文法詳見 P70

關鍵句

27 「わたし」は 一週間(いっしゅうかん)に いくつの 漢字(かんじ)を 覚(おぼ)えますか。

1 15こ
2 20こ
3 25こ
4 30こ

- ☐ 漢字(かんじ) 漢字
- ☐ 勉強(べんきょう) 學習
- ☐ 3つ(みっつ) 3個
- ☐ 5つ(いつつ) 5個
- ☐ 覚(おぼ)える 記住
- ☐ 頑張(がんば)る 加油

請先閱讀下面的文章(1)～(3)再回答問題。請從選項1・2・3・4當中選出一個最適當的答案。

(1)

我每天都學習漢字。星期一到星期五每天學習 3 個；星期六和星期日每天各學 5 個。我想加把勁多記住一些漢字。

27 請問「我」一個禮拜大概記住幾個漢字呢？

Answer **3**

1 15 個
2 20 個
3 25 個
4 30 個

解題攻略

題目問的是一個禮拜背誦多少漢字，「いくつ」用以詢問數量。

解題關鍵在「月曜日から金曜日は一日に3つ、土曜日と日曜日は5つずつ覚えます」(星期一到星期五每天學習3個；星期六和星期日每天各學5個)。

由此可知週一到週五(共5天)每天背3個，週末兩天各背5個，「5×3＋2×5＝15＋10＝25」，所以一個禮拜背誦的漢字數量是25個。正確答案是3。

句型「時間＋に＋次數/數量」用於表達頻率，如「一日に3つ」(一天3個)、「週に1回」(一週一次)。「ずつ」前面接表示數量、比例的語詞，意思是「各…」。

(2)

ぼくの　うちは　5人　家族です。兄と　姉が　います〈關鍵句〉すが、兄は　去年から　東京に　住んで　います。姉も　来年から　遠くの　大学に　行くので、さびしく　なります。

文法詳見 P70
文法詳見 P70
文法詳見 P70

28 今、いっしょに　住んで　いる　家族は　だれですか。

- □ 僕　我（男子自稱）
- □ 兄　哥哥
- □ 姉　姊姊
- □ 去年　去年
- □ 来年　明年
- □ 遠く　遠方
- □ 大学　大學
- □ 寂しい　孤單的；寂寞的

(2)

我家一共有 5 個人。我有哥哥和姊姊，哥哥從去年開始就住在東京。姊姊從明年開始也要去很遠的地方唸大學，到時我會很寂寞。

28 請問現在一起住在家裡的家人有誰？ Answer **2**

解題攻略

這一題的問題關鍵在「今」(現在)，所以請特別注意時態。

文章第一句「ぼくの家は５人家族です」(我家有５個人)，「人數」直接加上「家族」表示家庭成員有幾人。

文中提到「兄は去年から東京に住んでいます」(哥哥從去年開始就住在東京)，表示大哥現在沒有住在家裡，「5 - 1 = 4」，所以現在家裡住了４個人。

下一句「姉も来年から遠くの大学に行く」(姊姊從明年開始也要去很遠的地方唸大學)是陷阱，從「来年から」和「行く」的時態可知這是還沒發生的事，所以姊姊現在還住在家裡。因此正確答案是２。

「～から～ています」表示動作從之前一直持續到現在。

(3)

友(とも)だちに　メールを　書(か)きました。

けさは　頭(あたま)が　痛(いた)かったので、学校(がっこう)を　休(やす)みました。熱(ねつ)も　ありましたので、病院(びょういん)へ　行(い)って　かぜの　薬(くすり)を　もらいました。今(いま)は、もう　元気(げんき)ですから、心配(しんぱい)しないで　ください。

關鍵句

文法詳見 P71

文法詳見 P71

- □ 痛(いた)い　疼痛
- □ 熱(ねつ)がある　發燒
- □ 病院(びょういん)　醫院
- □ 風邪(かぜ)　感冒
- □ 薬(くすり)　藥
- □ 心配(しんぱい)　擔心

29　けさ　この　人(ひと)は　どうでしたか。

1　熱(ねつ)が　ありましたが、頭(あたま)は　痛(いた)く　ありませんでした。

2　頭(あたま)が　痛(いた)かったですが、熱(ねつ)は　ありませんでした。

3　頭(あたま)が　痛(いた)くて、熱(ねつ)も　ありました。

4　とても　元気(げんき)でした。

(3)

我寫了封電子郵件給朋友。

今早我頭很痛，所以向學校請假。我還發了燒，所以去醫院拿了感冒藥。現在已經好了，請別擔心。

本題問的是「けさ」(今天早上)的狀態，答案就在「けさは頭が痛かった」(今早我頭很痛)、「熱もありました」(發燒)這兩句，表示這個人今天早上的狀態是頭痛又發燒。

請小心文章最後「今は、もう元気ですから」(現在已經好了)是陷阱，「もう」表示已經達到後面的狀態，意思是「已經...」。由於題目問的是「けさ」(今天早上)的狀態，因此正確答案是3。

句型「もらいました」常以「AからBをもらいました」(從A那邊得到B)表現。如果將「から」換成「に」，「AにBをもらいました」意思就變成了「向A要了B」。

29 請問今早這個人怎麼了？

 **3**

1 雖有發燒但是頭不痛
2 雖然頭很痛，但是沒有發燒
3 頭很痛，也有發燒
4 非常健康

文法と萬用句型

1 [　　] +ています （表習慣性）

【動詞て形】+います。跟表示頻率的「毎日（まいにち）、いつも、よく、時々（ときどき）」等單詞使用，就有習慣做同一動作的意思。

例句 彼女は　いつも　お金に　困って　います。
她總是為錢煩惱。

---

2 [　　] +が （但是…）

【名詞です（だ）；形容動詞詞幹だ；[形容詞・動詞]丁寧形（普通形）】+が。表示連接兩個對立的事物，前句跟後句內容是相對立的。

例句 鶏肉は　食べますが、牛肉は　食べません。
我吃雞肉，但不吃牛肉。

---

3 [　　] +ので （因為…）

【[形容詞・動詞]普通形】+ので。表示原因、理由。前句是原因，後句是因此而發生的事。「～ので」一般用在客觀的自然的因果關係，所以也容易推測出結果。

例句 仕事が　あるので、7時に　出かけます。
因為有工作，所以7點要出門。

---

4 [　　] +なります （變成…）

【形容詞詞幹】+く+なります。形容詞後面接「なります」，要把詞尾的「い」變成「く」。表示事物本身產生的自然變化，這種變化並非人為意圖性的施加作用。即使變化是人為造成的，若重點不在「誰改變的」，也可用此文法。

例句 子どもは　すぐに　大きく　なります。
小孩子一轉眼就長大了。

5 ＿＿＋から （因為…）

例句 今日（きょう）は　日曜日（にちようび）だから、学校（がっこう）は休（やす）みです。

今天是星期日，所以不必上學。

【［形容詞・動詞］普通形】＋から、【名詞；形容動詞詞幹】＋だから。表示原因、理由。一般用於説話人出於個人主觀理由，進行請求、命令、希望、主張及推測，是種較強烈的意志性表達。

6 ＿＿＋ないでください

（請不要…）

例句 もう　撮（と）らないで　ください。

請不要再拍照了。

【動詞否定形】＋ないでください。表示否定的請求命令，請求對方不要做某事。

［替換單字］

- □ 見（み）ない 不要看
- □ 使（つか）わない 不要用
- □ 言（い）わない 不要説
- □ 呼（よ）ばない 不要叫

小知識大補帖

▶職稱介紹

介紹別人時，可以用句型「人＋は＋年齡或職業＋です」。例如：「父（ちち）は 40 歳（さい）です」（爸爸 40 歲）、「姉（あね）は警官（けいかん）です」（姐姐是警官）。試著用日語介紹家人吧！

▶日本醫院小知識

在日本，綜合性大醫院通常有附設藥局可以拿藥，但是一般小醫院或小診所就沒有了。所以醫生會開一張處方箋，患者要拿處方箋到附近藥局去領藥，並且需要另外支付藥費。

もんだい 4 Reading

つぎの (1) から (3) の ぶんしょうを 読(よ)んで、しつもんに こたえて ください。こたえは 1・2・3・4から いちばん いい ものを 一(ひと)つ えらんでください。

(1)……………………………………………………………………………………

あした 学校(がっこう)で テストが ありますので、きょうは 晩(ばん)ごはんを 食(た)べた あと、テレビを 見(み)ないで、勉強(べんきょう)を 始(はじ)めました。もう 夜(よる)の 11時(じ)ですが、まだ 終(お)わりません。もう 少(すこ)し 勉強(べんきょう)して から 寝(ね)ます。

27 この 人(ひと)は 今(いま)、何(なに)を して いますか。

1 寝(ね)て います。

2 勉強(べんきょう)して います。

3 ごはんを 食(た)べて います。

4 テレビを 見(み)て います。

(2)……………………………………………………………………………………

新(あたら)しい 車(くるま)を 買(か)いました。

ドアが 二(ふた)つ だけの ちいさい 車(くるま)ですが、うえにも 一(ひと)つ 窓(まど)が あります。

色(いろ)は しろいのと くろいのが ありましたが、しろいのを 買(か)いました。

28 どの 車を 買いましたか。

1

2

3

4

(3)…………………………………………………………………………………

日記を 書きました。

> きのうは 暑かったので、友だちと 海に 行きました。海では おおぜいの 人が、泳いだり 遊んだり して いました。わたしたちは ゆうがたまで 泳ぎました。とても 疲れましたが、楽しかったです。

29 海は どうでしたか。

1 寒かったです。　　2 たかかったです。

3 にぎやかでした。　　4 しんせつでした。

つぎの (1)から (3)の ぶんしょうを 読(よ)んで、しつもんに こたえて ください。こたえは 1·2·3·4から いちばん いい ものを 一(ひと)つ えらんでください。

(1)

あした 学校(がっこう)で テストが ありますので、きょうは 晩(ばん)ごはんを 食(た)べた あと、テレビを 見(み)ないで、勉強(べんきょう)を 始(はじ)めました。もう 夜(よる)の 11時(じ)ですが、まだ 終(お)わりません。**もう 少(すこ)し 勉強(べんきょう)して から 寝(ね)ます。**

文法詳見 P80　文法詳見 P80

關鍵句

27 この 人(ひと)は 今(いま)、何(なに)を して いますか。

1 寝(ね)て います。
2 勉強(べんきょう)して います。
3 ごはんを 食(た)べて います。
4 テレビを 見(み)て います。

□ 明日(あした) 明天
□ テスト 考試；測驗
□ 晩(ばん)ご飯(はん) 晚餐
□ 食(た)べる 吃
□ テレビ 電視
□ 見(み)る 看
□ 勉強(べんきょう) 學習
□ もう少(すこ)し 再稍微…
□ 寝(ね)る 睡覺

請先閱讀下面的文章(1)～(3)再回答問題。請從選項１・２・３・４當中選出一個最適當的答案。

(1)

明天學校有考試，所以我今天吃過晚餐後不看電視，開始唸書。現在已經是晚上 11 點了，可是我還沒有唸完。我想再用功一下，然後才上床睡覺。

27 請問這個人現在在做什麼呢？

Answer **2**

1 在睡覺
2 在讀書
3 在吃飯
4 在看電視

題目關鍵在「今」(現在)，問的是現在在做什麼，所以請留意時態。

解題攻略

文章一開始提到「きょうは晚ごはんを食べたあと、テレビを見ないで、勉強を始めました」(吃過晚餐後不看電視，開始唸書)，由此可知晚餐已經吃完了，並且沒有看電視，所以選項3和4都錯誤。

文章接著提到「もう夜の 11 時ですが、まだ終わりません」(已經是晚上 11 點了，可是我還沒有唸完)。「まだ終わりません」的主語是前面的「勉強」(唸書)，表示作者現在還在唸書，並且「もう少し勉強してから寝ます」(想再用功一下，然後才上床睡覺)。因為作者還要再唸一下書，所以選項1錯誤。正確答案是2。

「もう少し」是「再稍微…」、「再…一下下」的意思，「…てから」強調動作先後順序，表示先做完前項再來做後項的事情。

(2)

新(あたら)しい　車(くるま)を　買(か)いました。

ドアが　二(ふた)つ　だけの　ちいさい　車(くるま)ですが、うえにも　一(ひと)つ　窓(まど)が　あります。 〈關鍵句〉

文法詳見 P80

色(いろ)は　しろいのと　くろいのが　ありましたが、しろいのを　買(か)いました。

28 どの　車(くるま)を　買(か)いましたか。

1

2

3

4

- □ 新(あたら)しい 新的
- □ 車(くるま) 汽車
- □ ドア 門；車門
- □ 窓(まど) 窗戶；車窗
- □ 色(いろ) 顏色

(2)

我買了新車。我買的是一台只有兩個車門的小車，車頂也有一扇天窗。顏色有白色的和黑色的，我買了白色的。

28 請問作者買了哪一台車呢？

1
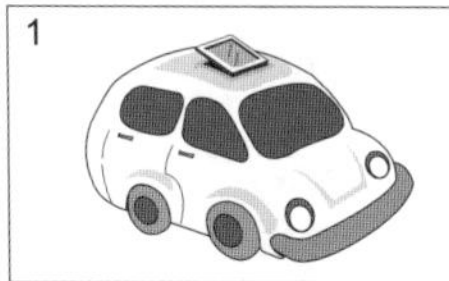

2

3
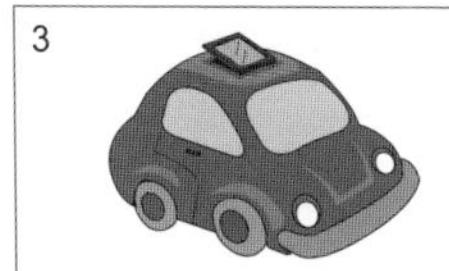

4
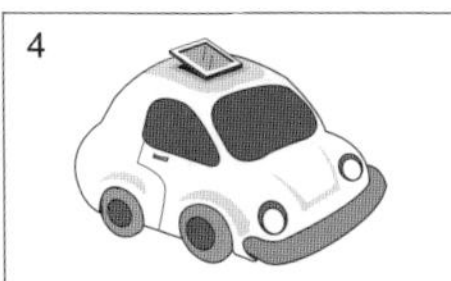

「どの」用來請對方在3樣以上的東西裡面挑出一個，如果選項只有兩樣，那就用「どちら」。

解題攻略

文章提到新車「ドアが二つだけ」(只有兩個車門)、「ちいさい」(小)、「うえにも一つ窓があります」(車頂也有一扇天窗)。「うえにも」的「も」是「也」的意思，暗示新車側邊有兩扇窗戶(因為是雙門，所以窗戶只有兩扇)，不過車頂「還有」一扇窗戶。由此知道圖1、2都是錯的。

最後一句「しろいのを買いました」(我買了白色的)指出這個車款雖然有白色和黑色，不過作者買的是白色的車子，所以圖3是錯的。「色は…のと…のが…、…のを…」這句出現3個「の」都是為了避免繁複，用來代替「車」。

綜上所述，正確答案是4。

(3)

日記(にっき)を　書(か)きました。

きのうは　暑(あつ)かったので、友(とも)だちと　海(うみ)に　行(い)きました。**海(うみ)では　おおぜいの　人(ひと)が、泳(およ)いだり　遊(あそ)んだり　して　いました。**わたしたちは　ゆうがたまで泳(およ)ぎました。とても　疲(つか)れましたが、楽(たの)しかったです。

文法詳見 P80　文法詳見 P81　關鍵句

- □ 日記(にっき) 日記
- □ 昨日(きのう) 昨天
- □ 友達(ともだち) 朋友
- □ 海(うみ) 海邊
- □ 大勢(おおぜい) 許多人
- □ 夕方(ゆうがた) 傍晚
- □ 泳(およ)ぐ 游泳
- □ とても 非常…
- □ 疲(つか)れる 疲勞；累
- □ 楽(たの)しい 快樂；開心

29 海(うみ)は　どうでしたか。

1　寒(さむ)かったです。
2　たかかったです。
3　にぎやかでした。
4　しんせつでした。

(3)

我寫了日記。

昨天天氣很熱，所以我和朋友去了趟海邊。有很多人在海邊游泳、戲水。我們一直游到傍晚。雖然非常疲累，但是玩得很盡興。

這一題可以用刪去法作答。題目問的是「どう」(如何)，「どう」用來詢問狀態或樣貌。

文章開頭提到「きのうは暑かった」(昨天很熱)，因此選項1「さむかったです」(很冷)是錯的。

「～たり～たり」表示動作的列舉，暗示還有其他動作，僅舉出兩項具有代表性的。「たり」遇到「泳ぐ」和「遊ぶ」都會起音便變成「だり」。

「わたしたちはゆうがたまで泳ぎました」(我們一直游到傍晚)的「まで」表示時間的範圍，可以翻譯成「到...」。

29 請問海邊是什麼情景呢？

Answer **3**

1 很冷
2 很高
3 很熱鬧
4 很親切

選項2「たかかったです」(很高)和選項4「しんせつでした」(很親切)都沒有辦法拿來形容海邊，所以都是錯的。

選項3「にぎやかでした」(很熱鬧)呼應文章第二句「海ではおおぜいの人が泳いだり遊んだりしていました」(有很多人在海邊游泳、戲水)，因為很多人在游泳戲水，所以「にぎやかでした」(很熱鬧)。正確答案是3。

もんだい 4 Reading

文法と萬用句型

【動詞た形】＋あと。後項如果是前項發生後，而繼續的行為或狀態時，就用「あと」。

1 □ ＋あと （…以後…）

例句 弟は、宿題を　した　あと、テレビを　見て　います。

弟弟做完作業以後才看電視。

［替換單字］

□ ご飯を　食べた 吃完飯

□ お風呂に　入った 泡澡

もう＋【動詞た形；形容動詞詞幹だ】。和動詞句一起使用，表示行為、事情到某個時間已經完了。

2 もう＋□ （已經…〈了〉）

例句 妹は　もう　出かけました。

妹妹已經出門了。

［替換單字］

□ 治りました 痊癒了

□ 食べました 吃了

□ お風呂に　入りました 洗澡了

□ お腹が　いっぱいだ 吃得很飽了

【名詞】＋にも，表示不只是格助詞前面的名詞以外的人事物。

3 □ ＋にも （表強調）

例句 学校には　冷房が　ありません。うちにも　ありません。

學校裡沒裝冷氣，家裡也沒裝。

【名詞】＋と。「と」前接一起去做某事的對象時，常跟「一緒に」一同使用。

4 □ ＋と （跟…一起；跟…）

例句 家族と　いっしょに　温泉へ　行きます。

和家人一起去洗溫泉。

［替換單字］

□ 友だち 朋友　□ 両親 父母

□ 彼女 女朋友　□ 彼氏 男朋友

5 [ ] +り+ [ ] +り+する

(又是…，又是…；有時…，有時…)

【動詞た形】＋り＋【動詞た形】＋り＋する。可表示動作並列，意指從幾個動作之中，例舉出2、3個有代表性的，並暗示還有其他的。

例句 ゆうべの　パーティーでは、飲（の）んだり　食（た）べたり　歌（うた）ったり　しました。

在昨晚那場派對上吃吃喝喝又唱了歌。

小知識大補帖

▶交通工具小統整

在日本，出門除了「車（くるま）に乗（の）る」（乘小汽車）、「バイクに乗（の）る」（騎機車）或「タクシーをひろう」（叫計程車）之外，搭乘方便的大眾運輸工具「電車（でんしゃ）」（電車）、「地下鉄（ちかてつ）」（地下鐵）或是「バス」（公車）都是不錯的選擇哦！如果目的地的距離不遠，也可以「自転車（じてんしゃ）に乗（の）る」（騎腳踏車）或是「徒歩（とほ）」（步行），不僅健康環保，還能省下交通費。

もんだい4 Reading

つぎの (1)から (3)の ぶんしょうを 読んで、しつもんに こたえて ください。こたえは 1・2・3・4から いちばん いい ものを 一つ えらんでください。

(1)……………………………………………………………………………

わたしは きのう 夜 おそく 喫茶店に 行きました。ケーキと アイスクリームを 食べたかったのですが、もう ありませんでした。サンドイッチが まだ ありましたので、サンドイッチを 注文しました。

27 「わたし」は 何を 食べましたか。

1 ケーキ
2 サンドイッチ
3 アイスクリーム
4 ケーキと アイスクリーム

(2)……………………………………………………………………………

家で ケーキを 作ります。卵 5つと 牛乳 3本を 使います。今 れいぞうこの なかに 卵は ありますが、牛乳は ありません。卵も 3つしか ありませんから、今から 買いに 行きます。

28 今(いま)の　れいぞうこは　どれですか。

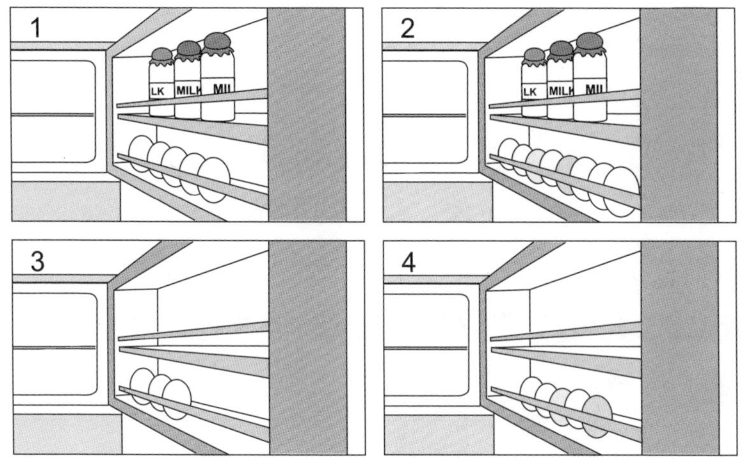

(3)……………………………………………………………

佐藤(さとう)さんが　木村(きむら)さんに　メールを　書(か)きました。

> 木村(きむら)さん
>
> 　あしたの　夜(よる)、時間(じかん)が　ありますか。
>
> 　あさっては　休(やす)みで、ゆっくり　できますから、わたしは　午後(ごご)の　テストが　おわった　あと、映画(えいが)を　見(み)に　行(い)きます。
>
> 　木村(きむら)さんも　いっしょに　行(い)きませんか。
>
> 佐藤(さとう)

29 佐藤(さとう)さんは　いつ　映画(えいが)を　見(み)ますか。

1　きょう　　2　あした　　3　きのう　　4　あさって

もんだい 4 Reading

つぎの (1)から (3)の ぶんしょうを 読[よ]んで、しつもんに こたえて ください。こたえは 1・2・3・4から いちばん いい ものを 一[ひと]つ えらんでください。

(1)

わたしは きのう 夜[よる] おそく 喫茶店[きっさてん]に 行[い]きました。ケーキと アイスクリームを 食[た]べたかったのですが、もう ありませんでした。**サンドイッチが まだ ありましたので、サンドイッチを 注文[ちゅうもん]しました。**

もう └文法詳見 P90
まだ └文法詳見 P90

27 「わたし」は 何[なに]を 食[た]べましたか。

1 ケーキ
2 サンドイッチ
3 アイスクリーム
4 ケーキと アイスクリーム

☐ 夜遅[よるおそ]く 深夜
☐ 喫茶店[きっさてん] 咖啡店
☐ ケーキ 蛋糕
☐ アイスクリーム 冰淇淋
☐ サンドイッチ 三明治
☐ 注文[ちゅうもん] 點菜；訂購

請先閱讀下面的文章(1)～(3)再回答問題。請從選項１・２・３・４當中選出一個最適當的答案。

(1)

我昨天很晚的時候去了咖啡廳。我本來想吃蛋糕和冰淇淋，但是沒賣。店裡還有賣三明治，所以我點了三明治。

27 請問「我」吃了什麼呢？

Answer **2**

1 蛋糕
2 三明治
3 冰淇淋
4 蛋糕和冰淇淋

解題攻略

文章第二句「ケーキとアイスクリームを食べたかったのですが、もうありませんでした」(我本來想吃蛋糕和冰淇淋，但是沒賣)。由此可知選項１、３、４的「ケーキ」(蛋糕)和「アイスクリーム」(冰淇淋)都是錯誤的。

解題關鍵在最後一句「サンドイッチがまだありましたので、サンドイッチを注文しました」(店裡還有賣三明治，所以我點了三明治)，直接說明「わたし」(我)點了三明治。正確答案是２。

句型「～たかったですが」表示說話者本來想做某件事情，可惜不能如願。

「注文しました」(點餐)也可以說成「たのみました」(委託)，用於此處都是「點菜」的意思。

(2)

家(いえ)で　ケーキを　作(つく)ります。卵(たまご)　５つと　牛乳(ぎゅうにゅう)　３本(ぼん)を　使(つか)います。**今(いま)　れいぞうこの　なかに　卵(たまご)は　ありますが、牛乳(ぎゅうにゅう)は　ありません。卵(たまご)も　３つしか　ありません**から、今(いま)から　買(か)いに　行(い)きます。

關鍵句

└文法詳見 P90

28　今(いま)の　れいぞうこは　どれですか。

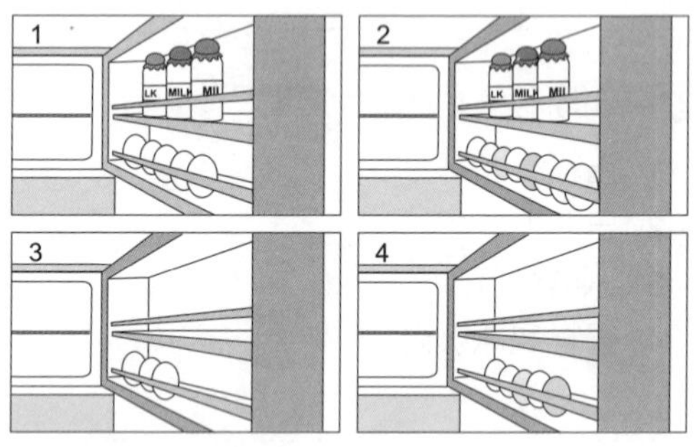

□ 作(つく)る　做

□ 卵(たまご)　雞蛋

□ ５(いつ)つ　５個

□ 牛乳(ぎゅうにゅう)　牛奶

□ ～本(ほん)　（數量詞）…瓶

□ 使(つか)う　使用

□ 冷蔵庫(れいぞうこ)　冰箱

□ 中(なか)　裡面；中間

□ ３(みっ)つ　３個

□ 今(いま)から　從現在起…

(2)

我要在家裡做蛋糕。要用到雞蛋 5 顆和牛奶 3 瓶。現在冰箱裡面雖然有雞蛋，可是沒有牛奶，而且雞蛋也只有 3 顆，我現在要出門去買。

28 請問現在的冰箱是哪張圖片呢？

Answer **3**

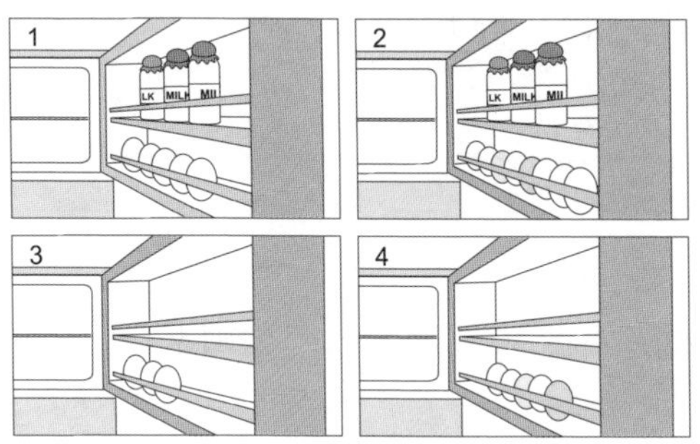

本題問的是「今のれいぞうこ」(現在的冰箱)，而不是製作蛋糕需要用到的材料，請小心。

解題攻略

文中提到「今れいぞうこのなかにたまごはありますが、ぎゅうにゅうはありません」(現在冰箱裡面雖然有雞蛋，可是沒有牛奶)，由此可知現在冰箱裡面有雞蛋，沒有牛奶。

接著下一句提到「卵も3つしかありませんから」(雞蛋也只有3顆)，這裡用「も」表示並列關係，也就是說雞蛋和牛奶一樣不夠，因此正確答案是3。

「～しかありません」意思是「僅僅如此而已」，「しか」和「だけ」一樣表示限定範圍，不過「しか」的後面只能接否定表現，並且強調的語氣更為強烈。

文章最後一句「今から買いに行きます」(我現在要出門去買)中的「いまから」意思是「現在就…」，「動詞ます形＋に行きます」表示為了某種目的前往。

(3)

佐藤さんが　木村さんに　メールを　書きました。

木村さん

あしたの　夜、時間が　ありますか。
文法詳見 P90

あさっては　休みで、ゆっくり　できますから、**わたしは　午後の　テストが　おわった　あと、映画を　見に　行きます。**
文法詳見 P91

木村さんも　いっしょに　行きませんか。
文法詳見 P91

佐藤

- □ 明後日（あさって） 後天
- □ 休み（やすみ） 放假；休假
- □ ゆっくり　悠閒地；慢慢地
- □ できる 可以…
- □ テスト 考試
- □ 終わる（おわる） 結束
- □ 映画（えいが） 電影

29 佐藤さんは　いつ　映画を　見ますか。

1　きょう
2　あした
3　きのう
4　あさって

(3)

佐藤寫了封電子郵件給木村。

木村先生

明天晚上你有空嗎？

後天我放假，可以稍微悠閒一下，我下午考完試之後要去看電影。

你要不要一起去呢？

佐藤

這題問的是「いつ」（什麼時候），請小心題目中出現的干擾的時間點。

文章沒有直接點出是哪一天，但是信件一開始就問道「あしたの夜、時間がありますか」（明天晚上你有空嗎），再搭配最後一句「木村さんも一緒に行きませんか」（木村先生要不要一起去呢）就可以知道佐藤想約木村明天晚上去看電影，正確答案是2。

「あさっては休みで…」（後天我放假…）是陷阱，這句話只是表明後天放假，並不是後天要看電影，因此選項4錯誤。

29 請問佐藤什麼時候要去看電影呢？

Answer **2**

1 今天
2 明天
3 昨天
4 後天

「ゆっくりできます」原句是「ゆっくりします」（悠閒做事情）。「ゆっくり」的意思是「慢慢地」，「できます」意思是「可以（做）…」。

文法と萬用句型

もう＋【否定表達方式】。表示不能繼續某種狀態了。一般多用於感情方面達到相當程度。

1 もう＋□ （已經不…了）

例句 もう　飲(の)みたく　ありません。

我已經不想喝了。

[替換單字]

- □ 痛(いた)く 痛
- □ 子供(こども)では 是小孩
- □ 話(はな)したく 想說話

まだ＋【肯定表達方式】。表示同樣的狀態，從過去到現在一直持續著，或是還留有某些時間或東西。

2 まだ＋□ （還…；還有…）

例句 まだ　時間(じかん)が　あります。

還有時間。

[替換單字]

- □ お金(かね) 錢
- □ 2キロ 兩公里
- □ 1週間(いっしゅうかん) 一星期
- □ やりたい　こと 想做的事情

【名詞（＋助詞）】＋しか～ない。「しか」下接否定，表示限定。

3 □＋しか～ない （只、僅僅）

例句 今年(ことし)は　海(うみ)に　1回(いっかい)しか　行(い)きませんでした。

今年只去過一次海邊。

接於句末，表示問別人自己想知道的事。

4 □＋か （嗎、呢）

例句 今晩(こんばん)　勉強(べんきょう)しますか。

今晚會唸書嗎？

[替換單字]

- □ 映画(えいが)は　面白(おもしろ)いです 電影有趣
- □ 彼(かれ)は　真面目(まじめ)です 他認真
- □ 一緒(いっしょ)に　行(い)きます 一起去

5 ［　　］＋あと　（…以後…）

例句 授業(じゅぎょう)が　始(はじ)まった　あと、おなかが　痛(いた)く　なりました。
開始上課以後，肚子忽然痛了起來。

【動詞た形】＋あと。表示前項的動作做完後，做後項的動作。是一種按照時間順序，客觀敘述事情發生經過的表現，而前後兩項動作相隔一定的時間發生。後項如果是前項發生後，而繼續的行為或狀態時，就用「あと」。

6 ［　　］＋ませんか　（要不要…吧）

例句 タクシーで　帰(かえ)りませんか。
要不要搭計程車回去呢？

【動詞ます形】＋ませんか。表示行為、動作是否要做，在尊敬對方抉擇的情況下，有禮貌地勸誘對方，跟自己一起做某事。

小知識大補帖

▶ **點餐必學甜點**

你知道各式甜點的日語該怎麼說嗎？「ケーキ」（蛋糕）、「プリン」（布丁）、「パフェ」（聖代）、「アイスクリーム」（冰淇淋）、「ようかん」（羊羹），將這些甜點的日語記下來，再搭配萬用句「（甜點）＋をください」（請給我〈甜點〉），以後去甜品店就方便多了！

もんだい4 Reading

つぎの (1) から (3) の ぶんしょうを 読(よ)んで、しつもんに こたえて ください。こたえは 1・2・3・4から いちばん いい ものを 一(ひと)つ えらんでください。

(1)……………………………………………………………………………………

わたしは よく 日本(にほん)の テレビを 見(み)ます。話(はな)して いる ことばが すこし わかりますから、とても おもしろいです。でも、わからない ことばも まだ たくさん あります。もっと たくさんの ことばを 早(はや)く 覚(おぼ)えたいです。

27 どうして テレビは おもしろいですか。

1 テレビの 中(なか)の 人(ひと)の 話(はなし)が よく わかりますから。
2 テレビの 中(なか)の 人(ひと)の 話(はなし)が すこし わかりますから。
3 わからない ことばが たくさん ありますから。
4 たくさんの ことばを 早(はや)く 覚(おぼ)えたいですから。

(2)……………………………………………………………………………………

みなさん、今(いま)から 英語(えいご)の テストを します。机(つくえ)の 上(うえ)には 鉛筆(えんぴつ)と 消(け)しゴムだけ 出(だ)して ください。本(ほん)と ノートは かばんの なかに 入(い)れて ください。かばんは 机(つくえ)の よこに 置(お)いて ください。

28 机は　どうなりましたか。

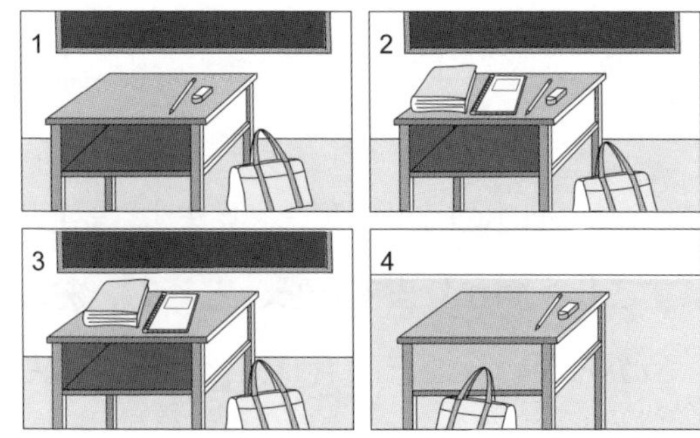

(3)……………………………………………………………………

高木さんが　りんさんに　メールを　書きました。

> りんさん
>
> 　きのう　DVDを　借りました。
>
> 　りんさんが　好きだと　いって　いた　フランスの　映画の　DVDです。
>
> 　わたしは　きょう　はじめて　見ました。とてもおもしろかったです。
>
> 　また、おもしろい　映画を　教えて　くださいね。
>
> 高木

29 高木さんは　きょう、何を　しましたか。

1　映画を　見に　行きました。

2　DVDを　買いました。

3　DVDを　見ました。

4　DVDを　借りました。

もんだい 4 Reading

つぎの (1)から (3)の ぶんしょうを 読んで、しつもんに こたえて ください。こたえは 1·2·3·4から いちばん いい ものを 一つ えらんでください。

(1)

わたしは よく 日本の テレビを 見ます。**話して いる ことばが すこし わかりますから、とても おもしろいです。**でも、わからない ことばも まだ たくさん あります。もっと たくさんの ことばを 早く 覚えたいです。

關鍵句

文法詳見 P100

27 どうして テレビは おもしろいですか。

1 テレビの 中の 人の 話が よく わかりますから。
2 テレビの 中の 人の 話が すこし わかりますから。
3 わからない ことばが たくさん ありますから。
4 たくさんの ことばを 早く 覚えたいですから。

- □ 話す 說話
- □ 言葉 語言；字彙
- □ 少し 一點點
- □ 分かる 知道
- □ 面白い 有趣的
- □ 早い 快的
- □ 覚える 記住

請先閱讀下面的文章(1)～(3)再回答問題。請從選項１・２・３・４當中選出一個最適當的答案。

(1)

我常常看日本的電視節目。我聽得懂一點電視上所講的話，所以覺得很有趣。不過我還有很多不懂的單字。我想快點記住更多的單字。

27 請問電視為什麼很有趣呢？

Answer **2**

1 因為都聽得懂電視裡面的人在說什麼
2 因為稍微聽得懂電視裡面的人在說什麼
3 因為有很多不懂的單字
4 因為想快點記住很多單字

解題攻略

這一題題目問「おもしろい」(有趣)，而文章第二句「話していることばがすこしわかりますから、とてもおもしろいです」就有「おもしろい」這個單字。

「から」用以表示主觀的原因。作者表示覺得有趣是因為電視上所說的話他能聽懂一點。「すこし」是「一點點」、「稍微」的意思。因此正確答案是２。

(2)

みなさん、今(いま)から 英語(えいご)の テストを します。机(つくえ)の 上(うえ)には 鉛筆(えんぴつ)と 消(け)しゴムだけ 出(だ)して ください。本(ほん)と ノートは かばんの なかに 入(い)れて ください。かばんは 机(つくえ)の よこに 置(お)いて ください。 〈關鍵句〉

28 机(つくえ)は どうなりましたか。

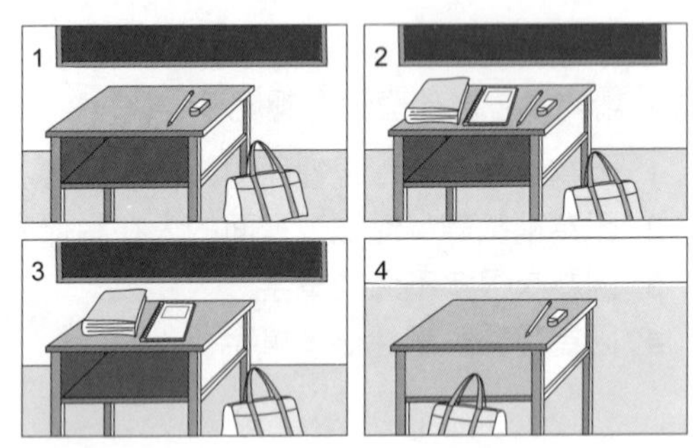

- □ 英語(えいご) 英文
- □ 机(つくえ) 桌子
- □ 上(うえ) 上面
- □ 鉛筆(えんぴつ) 鉛筆
- □ 消(け)しゴム 橡皮擦
- □ だけ 只有
- □ 本(ほん) 書
- □ ノート 筆記本
- □ かばん 包包
- □ 入(い)れる 放入
- □ よこ 橫向；側面
- □ 置(お)く 放置

(2)

各位同學，現在我們要開始考英文。桌子上只能放鉛筆和橡皮擦。書和筆記本請收到書包裡面。書包請放在桌子旁邊。

28 請問桌子的情形為何？

Answer **1**

這一題的解題關鍵在文章中的「～てください」，此句型用於表示請求、指示或命令。

解題攻略

文章首先提到「机の上には鉛筆と消しゴムだけ出してください」(桌子上只能放鉛筆和橡皮擦)，所以圖2和圖3都是錯的。

文章最後提到「かばんはつくえのよこに置いてください」(書包請放在桌子旁邊)，所以圖4是錯的。

「本とノートはかばんのなかに入れてください」(書和筆記本請收到書包裡面)是本題的陷阱。句中雖然也有「～てください」句型，但是這句話是要學生把書和筆記本收起來，所以桌面上不會出現這兩項東西。因此正確答案是1。

「だけ」表示限定，翻譯成「只...」。

(3)

高木（たかぎ）さんが りんさんに メールを 書（か）きました。

りんさん

きのう DVDを 借（か）りました。

りんさんが 好（す）きだと いって いた フランスの 映画（えいが）の DVDです。

わたしは きょう はじめて 見（み）ました。とても おもしろかったです。

また、おもしろい 映画（えいが）を 教（おし）えて くださいね。

高木（たかぎ）

關鍵句

關鍵句

- □ 借（か）りる 借（入）
- □ フランス 法國
- □ 映画（えいが） 電影
- □ 初（はじ）めて 第一次
- □ また 再次；又…
- □ 教（おし）える 教導；告訴

29 高木（たかぎ）さんは きょう、何（なに）を しましたか。

1 映画（えいが）を 見（み）に 行（い）きました。
2 DVDを 買（か）いました。
3 DVDを 見（み）ました。
4 DVDを 借（か）りました。

(3)

高木寫了封電子郵件給林同學。

林同學
昨天我租了 DVD。
我租的是你之前說很喜歡的法國電影。
我今天第一次看。非常有趣。
如果還有好看的電影請再告訴我喔。

高木

解題本題問題關鍵在「きょう」(今天)，所以要特別注意時間點。

信件裡面提到「わたしはきょうはじめて見ました」(我今天第一次看)，從前兩句話可以得知這句話指的是看 DVD，所以今天高木做的事情是看 DVD。其中「はじめて」是「第一次」的意思。

29 請問高木今天做了什麼事情？

1 去看電影
2 去買 DVD
3 看 DVD
4 去租 DVD

Answer 3

選項 1「映画を見に行きました」(去電影院看電影)是錯誤的。

選項 2「DVD を買いました」(去買 DVD)也是錯的，因為文章一開始高木就說 DVD 是用租的。

選項 4「DVD を借りました」(租 DVD)，高木的確有租 DVD，不過從「きのう DVD を借りました」(昨天租了 DVD)可以得知這是昨天的事情。因此正確答案是 3。

文法と萬用句型

まだ+【定表達方式】。表示同樣的狀態，從過去到現在一直持續著，或是還留有某些時間或東西。

1 まだ+ ＿＿ （還…；還有…）

例句 別(わか)れた　恋人(こいびと)の　ことが　まだ　好(す)きです。

依然對已經分手的情人戀戀不忘。

小知識大補帖

▸ 知名連鎖出租店 TSUTAYA

說道 DVD 出租店，就會想到日本最大的連鎖店 TSUTAYA，店內從 DVD、遊戲到漫畫雜誌應有盡有。然而近代隨著線上影音平台的興起，也有許多 DVD 出租店不敵衝擊而倒閉。

而與 TSUTAYA 隸屬於同一間企業的蔦屋書店，近年來則結合了咖啡與書店，用宛如美術館一般的室內空間提供給讀者一種生活的風格提案，成功的在近代立下了屹立不搖的地位。其分店甚至也開到了海外，有機會不妨前往朝聖！

MEMO

＊{ } 內也可自行帶入其他詞彙喔！

常用的表達關鍵句

01 表示變化

→{11月ごろから寒} くなります／{11 月左右氣候會開始} 轉 {涼}。

→{暗} くなる前にうちに帰ります／{要在天色} 轉 {黑前回家}。

→{山田さんのことが好き} になりました／{我喜歡} 上 {山田同學} 了。

→{映画を見に行け} なくなりました／不能 {去看電影} 了。

→{カーテンを開けて部屋を明る} くします／把 {窗簾打開} 讓 {房間變明亮}。

→{にんじんをジュース} にします／把 {胡蘿蔔打} 成 {果汁}。

→{銀行に} もう {お金がありません} ／{銀行裡} 已經 {沒有存款了}。

→{病気は} もう {治りました} ／{病痛} 已經 {痊癒} 了。

→{時間は} まだ {たくさんあります} ／還 {有很多時間}。

→{熱は} まだ {下がりません} ／{高燒} 還 {未退}。

02 表示經歷、經驗

→{ときどき中国の歌を歌う} ことがある／有時 {會歌唱中國的歌謠}。

→{小さいころ、一度ここに来} たことがある／{小時，我} 曾經 {來} 過 {這裡一次}。

→{冬、ときどき暖房を使わ} ないことがある／{冬季} 有時 {也會} 不 {開暖氣}。

關鍵字記單字

▸關鍵字	▸▸▸單字	
食べる（た） 吃	□ 朝ご飯（あさはん）	早飯
	□ 甘い（あま）	口味淡的
	□ 薄い（うす）	(味)淡，淺
	□ 美味しい（おい）	味美的；好吃的
	□ お菓子（かし）	點心，糕點，糖果
	□ お弁当（べんとう）	便當
	□ 辛い（から）	鹹；辣
	□ 牛肉（ぎゅうにく）	牛肉
	□ 果物（くだもの）	水果，鮮果
	□ ごちそうさまでした	我吃飽了，謝謝款待
	□ ご飯（はん）	米飯；飯食、吃飯的禮貌說法
	□ 砂糖（さとう）	白糖，砂糖
	□ 塩（しお）	食鹽；鹹度
	□ 醤油（しょうゆ）	醬油
	□ 食堂（しょくどう）	食堂，餐廳
	□ 吸う（す）	吮，吮吸，嘬，啜，喝
	□ スプーン【spoon】	湯匙，勺子，調羹
	□ 煙草（たばこ）	菸草，菸
	□ 食べ物（たもの）	食物，吃食，吃的東西
	□ 卵（たまご）	雞蛋

つぎの (1)から (3)の ぶんしょうを 読んで、しつもんに こたえて ください。こたえは、1・2・3・4から いちばん いい ものを 一つ えらんで ください。

(1)……………………………………………………………………………

きょう デパートで 新しい セーターを 買いました。わたしは 赤い セーターと 白い セーターは 持っていますが、青いのは 持って いませんでしたので、一枚 ほしかったからです。いいのが あったので とても うれしいです。

27 「わたし」は きょう、何を 買いましたか。

1 赤い セーター
2 赤い セーターと 白い セーター
3 青い セーターと 白い セーター
4 青い セーター

(2)……………………………………………………………………………

一日に、新聞を　読む　時間を　調べました。A（20歳～29歳）は　２時間で、B（30歳～39歳）は　Aよりも　1.5時間おおいです。C（40歳～49歳）は　Aより　0.5時間　すくないです。D（50歳～59歳）は　いちばん　おおいです。

28　どの　グラフが　ただしいですか。

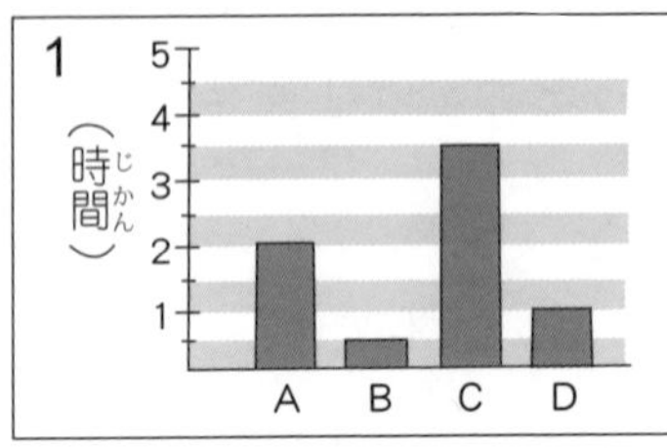

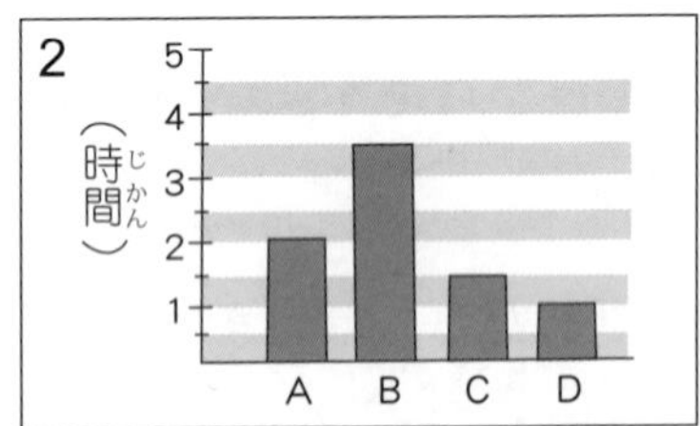

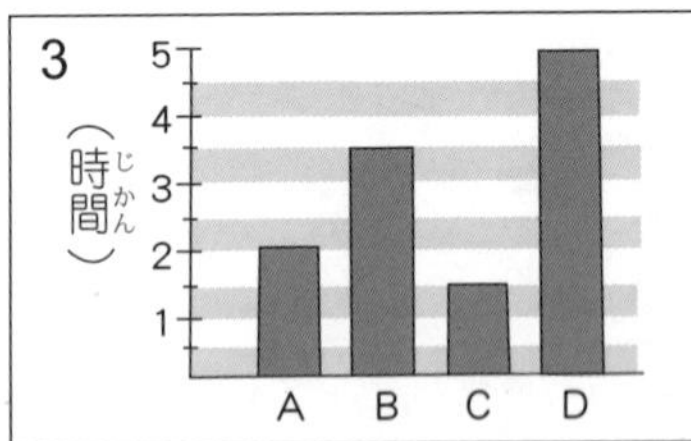

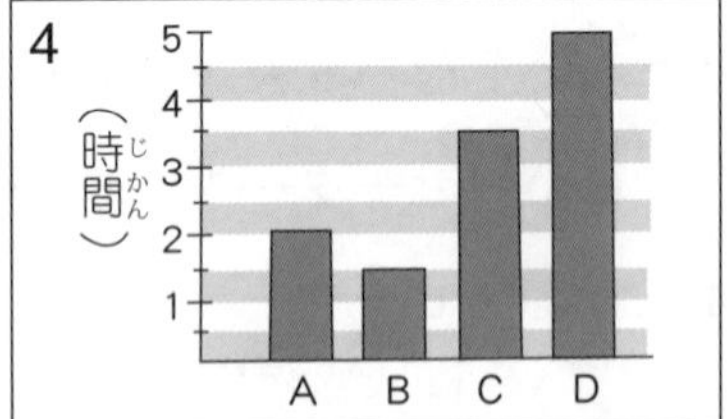

(3)…………………………………………………………………

テーブルの　上に　メモが　あります。

お母さんは　スーパーに　買い物に　行って　います。冷蔵庫の　中に　ケーキが　あります。宿題が終わって　から　食べて　くださいね。お母さんは6時　ごろ　帰りますから、出かけないで、家で　待って　いて　ください。

29　ケーキを　食べる　まえに　何を　しますか。

1　家に　帰ります。
2　外に　出かけます。
3　スーパーに　買い物に　行きます。
4　宿題を　します。

もんだい 4 Reading

つぎの (1)から (3)の ぶんしょうを 読(よ)んで、しつもんに こたえて ください。こたえは、1·2·3·4から いちばん いい ものを 一(ひと)つ えらんで ください。

(1)

きょう デパートで 新(あたら)しい セーターを 買(か)いました。わたしは 赤(あか)い セーターと 白(しろ)い セーターは 持(も)っていますが、**青(あお)いのは 持(も)って いませんでしたので、一枚(いちまい) ほしかったからです。いいのが あったので とても うれしいです。** < 關鍵句

（の：文法詳見 P112）

27 「わたし」は きょう、何(なに)を 買(か)いましたか。

1 赤(あか)い セーター
2 赤(あか)い セーターと 白(しろ)い セーター
3 青(あお)い セーターと 白(しろ)い セーター
4 青(あお)い セーター

□ デパート 百貨公司
□ 新(あたら)しい 新的
□ セーター 毛衣
□ しろい 白色
□ 青(あお)い 藍色
□ ～枚(まい) （數量詞）…件

請先閱讀下面的文章(1)～(3)再回答問題。請從選項１・２・３・４當中選出一個最適當的答案。

(1)

今天我在百貨公司買了新的毛衣。我雖然有紅色毛衣和白色毛衣，但我沒有藍色毛衣，所以很想買一件。因為找到了不錯的，所以我很開心。

27 請問「我」今天買了什麼呢？

Answer **4**

1 紅色毛衣
2 紅色毛衣和白色毛衣
3 藍色毛衣和白色毛衣
4 藍色毛衣

問題關鍵在「何を買いましたか」，問的是買了什麼，不是「わたし」有什麼，請小心。

解題攻略

文章最初提到「きょうデパートで新しいセーターを買いました」(今天我在百貨公司買了新的毛衣)，後面又提到「青いのは持っていませんでしたので、一枚ほしかったからです」(但我沒有藍色毛衣，所以很想買一件)。由上述可知「わたし」(我)買的是藍色毛衣。正確答案是４。

「～を持っています」表示某人擁有某物。

「ので」用於表示客觀的原因，「ほしかった」的意思是「之前很想要」。「～からです」則是用於表示主觀原因。

「青いのは」和「いいのがあった」的「の」都沒有實質意義，只是為了避免繁複，用來取代「セーター」而已。

(2)

一日に、新聞を　読む　時間を　調べました。A（20歳～29歳）は　2時間で、B（30歳～39歳）は　Aよりも　1.5時間おおいです。C（40歳～49歳）は　Aより　0.5時間　すくないです。D（50歳～59歳）は　いちばん　おおいです。 關鍵句

文法詳見 P112

28 どの　グラフが　ただしいですか。

文法詳見 P112

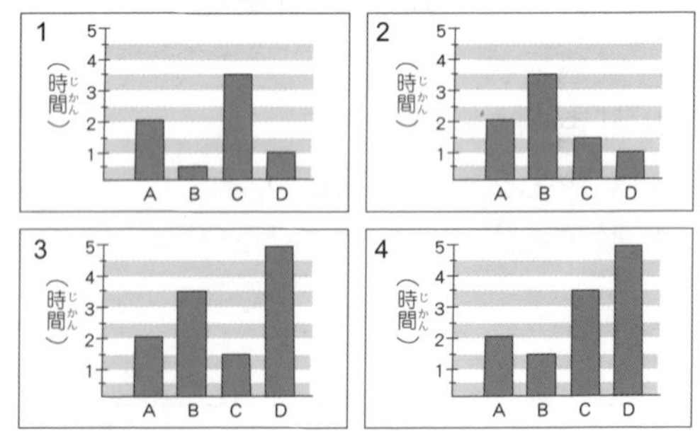

- □ 一日 一天
- □ 新聞 報紙
- □ 読む 看（報紙）
- □ 時間 時間；小時
- □ 調べる 調査
- □ ～歳 …歲
- □ グラフ 圖表

(2)

我調查了人們一天之中花多少時間閱讀報紙。A（20 ～ 29 歲）花 2 個小時，B（30 ～ 39 歲）比 A 多花了 1.5 個小時，C（40 ～ 49 歲）比 A 少了 0.5 個小時，D（50 ～ 59 歲）花最多時間。

28 請問哪個圖表是正確的呢？

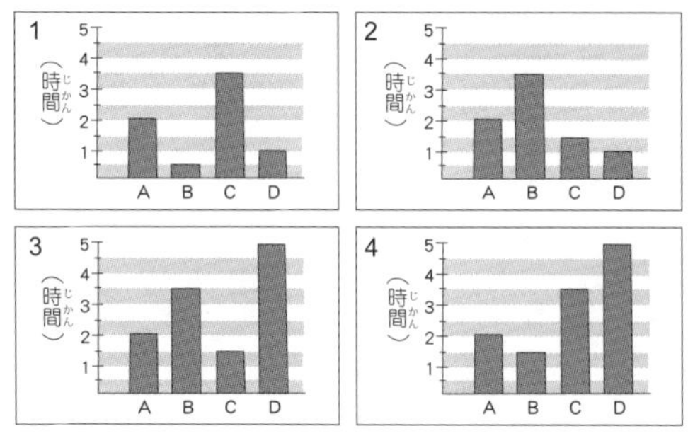

本題要將字面上的資料轉化成直條圖，考驗考生的讀圖能力。

解題攻略

調查以 A（2小時）為基準，B 比 A 多 1.5 個小時，所以 B 是 2 + 1.5 = 3.5（小時）。

C 比 A 少了 0.5 個小時，所以是 2 - 0.5 = 1.5（小時）

「D（50 歲～ 59 歲）はいちばんおおいです」，這句指出 D 是所有年代當中花最多時間的，「いちばん～」的意思是「最…」，表示程度最高。

4 個年代按照時間多寡排順序，依序是「D > B > A > C」。所以正確答案是 3 。

句型「～より」（比起…）表示比較。「どの」用於在 3 樣以上的東西裡面挑出一個，如果選項只有兩樣，則用「どちら」。

(3)

テーブルの　上(うえ)に　メモが　あります。

お母(かあ)さんは　スーパーに　買(か)い物(もの)に　行(い)って　います。**冷蔵庫(れいぞうこ)の　中(なか)に　ケーキが　あります。宿題(しゅくだい)が終(お)わって　から　食(た)べて　くださいね。**お母(かあ)さんは6時(じ)　ごろ　帰(かえ)りますから、出(で)かけないで、家(いえ)で　待(ま)って　いて　ください。

〈關鍵句

- □ テーブル　桌子
- □ メモ　備忘錄；紙條
- □ スーパー　超市
- □ 冷蔵庫(れいぞうこ)　冰箱
- □ ケーキ　蛋糕
- □ 出(で)かける　出門

29　ケーキを　食(た)べる　まえに　何(なに)を　しますか。

1　家(いえ)に　帰(かえ)ります。
2　外(そと)に　出(で)かけます。
3　スーパーに　買(か)い物(もの)に　行(い)きます。
4　宿題(しゅくだい)を　します。

(3)

桌上有一張紙條。

> 媽媽去超市買東西。冰箱裡面有蛋糕，寫完功課後再吃喔。媽媽大概 6 點會回家，你不要出門，乖乖待在家。

題目關鍵在「ケーキを食べるまえに」(吃蛋糕前)。

解題重點在「冷蔵庫の中にケーキがあります。宿題が終わってから食べてくださいね」(冰箱裡面有蛋糕，寫完功課後再吃喔)，由此知冰箱裡面的蛋糕要等功課寫完才能吃。正確答案是4。

「～まえに」前面接動詞原形，表示「在...之前」，像這種詢問先後順序的題目要特別注意像是「～まえに」(在...之前)、「～あとで」(在...之後)、「～てから」(先...)、「初めに」(最先...) 等表示順序的詞語。

「待っていてください」是要對方維持等待的狀態，而且可能要等上一段時間。

29 請問吃蛋糕前要做什麼事情呢？

1 回家
2 出門
3 去超市買東西
4 寫功課

文法と萬用句型

1 □ ＋の　(…的)

【名詞】＋の。準體助詞「の」後面可省略前面出現過，或無須說明大家都能理解的名詞，不需要再重複，或替代該名詞。

例句　その　車(くるま)は　私(わたし)のです。
那輛車是我的。

---

2 □ ＋は＋ □ ＋より
(…比…)

【名詞】＋は＋【名詞】＋より。表示對兩件性質相同的事物進行比較後，選擇前者。「より」後接的是性質或狀態。如果兩件事物的差距很大，可以在「より」後面接「ずっと」來表示程度很大。

例句　兄(あに)は　母(はは)より　背(せ)が　高(たか)いです。
哥哥個子比媽媽高。

---

3 どの＋ □　(哪…)

どの＋【名詞】。「どの」(哪…)表示事物的疑問和不確定。

例句　どの　人(ひと)が　田中(たなか)さんですか。
哪一個人是田中先生呢？

小知識大補帖

▸ 關於超市

日本的超市有很多料理和調理方便的食品，許多主婦會利用晚上7點後生鮮食品打折的時段前往超市，用這些材料不但可以輕鬆做出餐廳菜色，還可以替家裡省下一筆開銷！

つぎの (1) から (3) の ぶんしょうを 読んで、しつもんに こたえて ください。こたえは、1・2・3・4から いちばん いい ものを 一つ えらんで ください。

(1)

先週、友だちと 京都へ 行きました。たくさんの お寺や 神社を 見ました。友だちは 美術館へも 行きましたが、わたしは 行きませんでした。大阪へも 行きたかったですが、時間が ありませんでした。

27 「わたし」は 京都で どこへ 行きましたか。

1 お寺と 神社と 美術館
2 美術館と 大阪
3 お寺と 神社
4 大阪

(2)……………………………………………………………………………………

わたしの　家は　駅の　近くです。駅の　左側に　スーパーが　あります。スーパーは　交差点の　角に　ありますので、入り口の　前の　信号を　渡って　ください。そこに　パン屋が　あります。わたしの　家は　その　右側です。

28　「わたしの　家」の　絵は　どれですか。

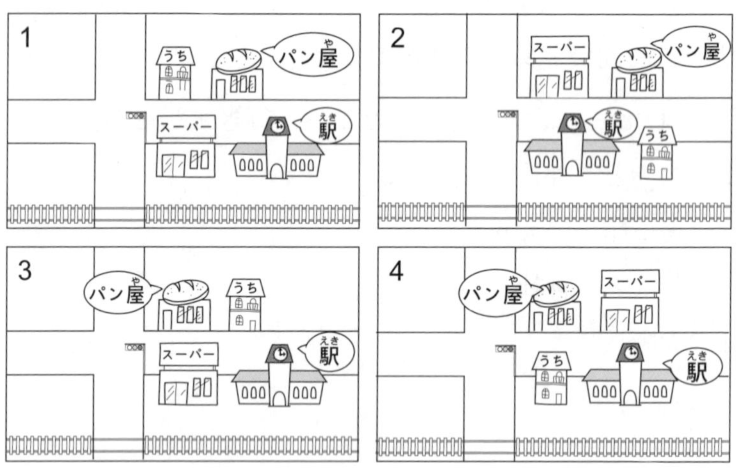

(3)

花子さんは　山田さんに　メモを　書きました。

> 山田さんへ
>
> 　きのうは　一日　どうもありがとう。山田さんに　借りた　本を　持って　きました。とても　おもしろかったので、山田さんに　借りて　よかったです。借りた　本は　机に　置きます。それから　母から　送って　きた　おかしも　置きます。どうぞ　食べて　ください。
>
> 　ではまた。
>
> 7月10日　午後　3時　花子より

29　花子さんは　7月10日に　何を　しましたか。

1　本を　借りました。

2　本を　返しました。

3　おかしを　送りました。

4　おかしを　つくりました。

もんだい 4 Reading

つぎの (1)から (3)の ぶんしょうを 読んで、しつもんに こたえて ください。こたえは、1·2·3·4から いちばん いい ものを 一つ えらんで ください。

(1)

先週、友だちと 京都へ 行きました。たくさんの お寺や 神社を 見ました。 友だちは 美術館へも 行きましたが、わたしは 行きませんでした。大阪へも 行きたかったですが、時間が ありませんでした。

〈關鍵句

└文法詳見 P122

27 「わたし」は 京都で どこへ 行きましたか。

1 お寺と 神社と 美術館
2 美術館と 大阪
3 お寺と 神社
4 大阪

□ 先週 上週
□ 友達 朋友
□ 京都 京都
□ お寺 寺廟
□ 神社 神社
□ 美術館 美術館

請先閱讀下面的文章(1)～(3)再回答問題。請從選項１・２・３・４當中選出一個最適當的答案。

(1)

上個禮拜我和朋友去京都。參觀很多寺廟和神社。朋友還去了美術館，不過我沒去。雖然我也很想去大阪，不過沒時間。

27 請問「我」在京都去了哪裡呢？

Answer **3**

1 寺廟、神社和美術館
2 美術館和大阪
3 寺廟和神社
4 大阪

本題問的是「どこ」(哪裡)，要掌握「わたし」(我)去了哪些地方，哪些地方沒去。

解題攻略

文章第一句提到「先週、友だちと京都へ行きました」(上個禮拜我和朋友去京都)，暗示接下來的話題是關於這趟京都行。

文章接著寫到「たくさんのお寺や神社を見ました」(參觀很多寺廟和神社)，所以選項２、４都是錯的。

下一句又說「友だちは美術館へも行きましたが、わたしは行きませんでした」(朋友還去了美術館，不過我沒去)，所以選項１錯誤。

最後文章又提到「大阪へも行きたかったですが、時間がありませんでした」(雖然我也很想去大阪，不過沒時間)，所以「わたし」沒有去大阪。正確答案是３。

「～たかったですが」表達說話者原本想做某件事卻不能如願的惋惜。

(2)

わたしの　家(いえ)は　駅(えき)の　近(ちか)くです。駅(えき)の　左側(ひだりがわ)に　スーパーが　あります。スーパーは　交差点(こうさてん)の　角(かど)に　ありますので、入(い)り口(ぐち)の　前(まえ)の　信号(しんごう)を　渡(わた)って　ください。そこに　パン屋(や)が　あります。わたしの　家(いえ)は　その　右側(みぎがわ)です。

文法詳見 P122

文章首先提到「駅の左側にスーパーがあります」(車站左邊有一間超市)，所以圖2、4都是錯的。

接著作者又說「スーパーは交差点の角にありますので、入り口の前の信号を渡ってください」(超市在十字路口的轉角，入口處有一個紅綠燈，請過那個紅綠燈)，圖1、3都吻合這個敘述。

28　「わたしの　家(いえ)」の　絵(え)は　どれですか。

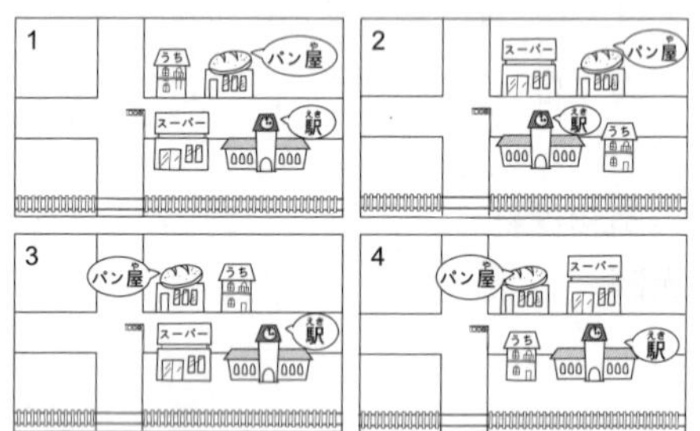

- □ 近(ちか)く　附近
- □ 左側(ひだりがわ)　左側
- □ 交差点(こうさてん)　十字路口
- □ 入(い)り口(ぐち)　出口
- □ 角(かど)　（街）角
- □ 信号(しんごう)　交通號誌
- □ パン屋(や)　麵包店

(2)

我家在車站附近。車站左邊有一間超市，超市在十字路口的轉角，入口處有一個紅綠燈，請過那個紅綠燈。過了紅綠燈會看到一家麵包店，我家就在它的右邊。

28 請問「我家」的位置圖是下列哪一張圖片呢？

Answer **3**

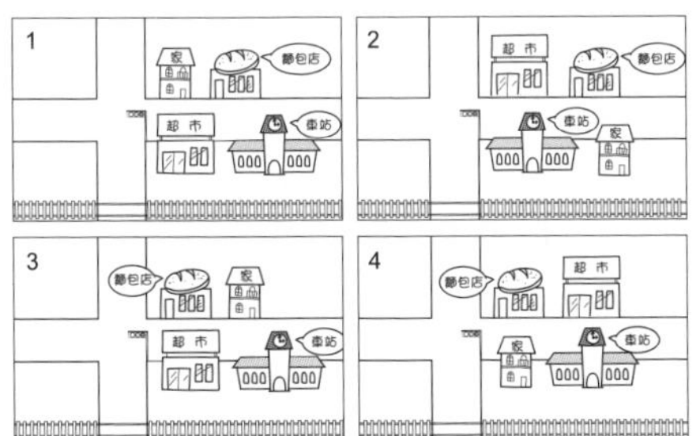

句型「AにBがあります」(在A這邊有B)和「BはAにあります」(B在A)，都用於表示東西的位置。

解題攻略

這一題考的是路線位置，這種題型需要背熟的單字有：「角(かど)、橋(はし)、交差点(こうさてん)」。方向「まっすぐ、右(みぎ)、左(ひだり)、向こう(むこう)、後ろ(うしろ)、前(まえ)」。順序「一つ目(ひとつめ)、次(つぎ)」。動詞「行く(いく)、歩く(あるく)、渡る(わたる)、曲がる(まがる)」。

最後提到「そこにパンやがあります。わたしの家はその右側です」(過了紅綠燈會看到一家麵包店，我家就在它的右邊)。「そ」開頭的指示詞用於指示前面所提到的東西，這個「そこ」指的是過了紅綠燈後所在的位置，說明這裡有一間麵包店。後面的「その」指的是前一句提到的麵包店，意思是「わたし」(我)的家就在這間麵包店的右邊，所以圖1是錯的，正確答案是3。

(3)

花子さんは　山田さんに　メモを　書きました。

> 山田さんへ
>
> 　きのうは　一日　どうもありがとう。山田さんに　借りた　本を　持って　きました。とても　おもしろかったので、山田さんに　借りて　よかったです。**借りた　本は　机に　置きます。それから　母から　送って　きた　おかしも　置きます。**どうぞ　食べて　ください。
>
> 　ではまた。
>
> 7月10日　午後　3時　花子より

關鍵句

□ 昨日 昨天
□ 借りる 借
□ それから 接著；還有
□ 送る 寄；送
□ お菓子 點心

29 花子さんは　7月10日に　何を　しましたか。

1　本を　借りました。
2　本を　返しました。
3　おかしを　送りました。
4　おかしを　つくりました。

(3)

花子寫了張紙條給山田。

給山田

昨天真是多謝了。我把向你借的書帶來了。這本書非常好看，還好我有向你借。借來的書就放在書桌上，還附上我媽媽寄給我的點心，請你吃吃看。

就這樣。

7月10日下午3點　花子

信件開頭通常會寫上收件者，收件者後加上「へ」就是「給…」的意思。信末則會留下寄件者署名，在署名後加上「より」就表示「上」。署名前面的日期（7月10日）就是留下這張紙條的日期。

接著提到「それから母から送ってきたおかしも置きます」（還附上我媽媽寄給我的點心），「母から」的「から」表示東西的來源，由此可知點心是從母親那裡得到的，並非花子寄的或做的，花子僅是「おきます」（擺放），所以選項3、4都錯誤，正確答案是2「本を返えしました」（還書）。

解題關鍵在紙條的第二句「山田さんに借りた本を持ってきました」（我把向你借的書帶來了）和紙條中的「借りた本は机に置きます」（借來的書就放在書桌上），由此可知把借的書帶來、放在桌上就是寫這張紙條的當天（7月10日）的事。

29 請問花子在7月10日做了什麼事情呢？

1 借書
2 還書
3 寄送點心
4 做點心

Answer **2**

「よかったです」用於表示慶幸、感激的心情。

「それから」意思是「接著…」、「還有…」，用於承上啓下。

文法と萬用句型

【名詞（＋助詞へ）】＋も。表示不只是「へ」前面的名詞以外的人事物。

1 □ ＋へも （…也去…）

例句 日曜日は　東京へも　行きました。

星期日也去了東京。

【名詞】＋に＋【名詞】＋があります。表某處存在某個無生命事物，用「（場所）に（物）があります」。

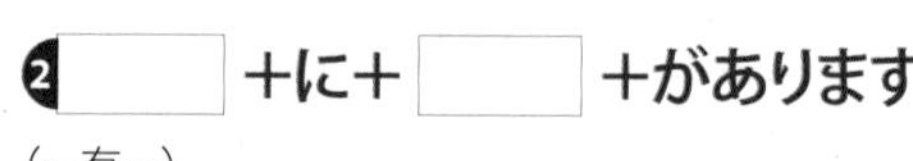

2 □ ＋に＋ □ ＋があります

（…有…）

例句 あそこに　交番が　あります。

那裡有派出所。

[替換單字]

- □ **ここ** 這裡・**花瓶** 花瓶
- □ **そこ** 那裡・**カメラ** 相機
- □ **向こう** 那邊・**建物** 建築物
- □ **箱の中** 箱子裡・**お菓子** 甜點

小知識大補帖

▶古都京都

京都是日本平安時代的首都，因而留下許多古建築，保留許多古色古香的文化風格。藝妓、神社、京都御所等，都是世界知名的觀光點。

▶問路萬用會話

如果在日本迷路了，就詢問當地人吧！透過問路可以增強日語實力，等於直接跟日本人學日語，這可是很好的機會喲！以下幾個句子可以在迷路時派上用場：「すみませんが、ちょっと教えてください」（對不起，請教一下）、「道を迷いました」（我迷路了）、「駅への道を教えてください」（請告訴我車站怎麼走）、「今いるところはこの地図のどこですか」（現在位置在這張地圖的哪裡呢）。

つぎの　(1)から　(3)の　ぶんしょうを　読んで、しつもんに　こたえて　ください。こたえは、1・2・3・4から　いちばん　いい　ものを　一つ　えらんで　ください。

(1)……………………………………………………………………

わたしは、きょう　図書館に　本を　借りに　行きました。でも、読みたい　本は　ほかの　人が　借りて　いて、ありませんでした。図書館の　人が　「予約を　して　ください。」と　言いましたので、そうしました。

27　「わたし」は　きょう　図書館で　何を　しましたか。

1　本を　返しました。
2　本を　借りました。
3　本を　読みました。
4　本を　予約しました

もんだい 4 Reading

(2)……………………………………………………………………

この　ネクタイは　1500円です。その　となりの　しろい　ネクタイは　2000円ですが、きょうは　200円　安く　なって　います。

28　どの　絵が　ただしいですか。

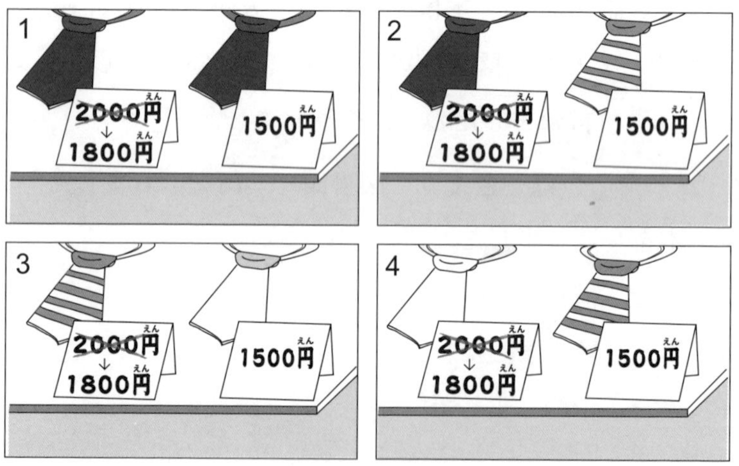

(3)…………………………………………………………………………

あした　いっしょに　遊びに　行く　友だちから　メールが　来ました。

山川さん

　あしたの　お弁当と　飲み物は　わたしが　準備します。山川さんは　おかしを　持って　きてください。それから、あしたは　暑く　なりますから、ぼうしを　忘れないで　ください。じゃ、あした　8時に　駅で　会いましょう。

吉田

29　山川さんは　あした　何を　持って　行きますか。

1　お弁当と　飲み物

2　おかし

3　お弁当と　飲み物と　ぼうし

4　おかしと　ぼうし

もんだい 4 Reading

つぎの (1)から (3)の ぶんしょうを 読んで、しつもんに こたえて ください。こたえは、1·2·3·4から いちばん いい ものを 一つ えらんで ください。

(1)

わたしは、きょう 図書館に 本を 借りに 行きました。でも、読みたい 本は ほかの 人が 借りていて、ありませんでした。**図書館の 人が 「予約を して ください。」と 言いましたので、そうしました。** 〈關鍵句〉

27 「わたし」は きょう 図書館で 何を しましたか。

1 本を 返しました。
2 本を 借りました。
3 本を 読みました。
4 本を 予約しました

- □ 今日 今天
- □ 図書館 圖書館
- □ 本 書
- □ 借りる 借（入）
- □ ほか 其他
- □ 予約 預約
- □ 返す 歸還

請先閱讀下面的文章(1)～(3)再回答問題。請從選項１・２・３・４當中選出一個最適當的答案。

(1)

我今天去圖書館借書。可是我想看的書被別人借走了，所以找不到。圖書館的人要我預約，所以我照做了。

27 請問「我」今天在圖書館做了什麼事情？ **Answer 4**

1 還書
2 借書
3 看書
4 預約借書

解題攻略

這一題問的是「きょう」(今天)，但可別看到第一句「わたしは、きょう図書館に本を借りに行きました」(我今天去圖書館借書)就以為選項２「本を借りました」(借書)是答案，請小心後面表示逆接的「でも」(可是)。

文章第二句「でも、読みたい本はほかの人が借りていて、ありませんでした」(可是，我想看的書被別人借走了，所以找不到)表達了無法借書，所以選項２錯誤。

解題重點在最後一句「そうしました」(我照做了)，過去式「しました」表示「わたし」(我)做了一件事，至於是什麼事呢？線索就藏在「そう」(這樣...)，「そ」開頭的指示詞指示前面提到的事物，在本文指的是「図書館の人が『予約をしてください』と言いました」(圖書館的人要我預約)這件事。也就是說「わたし」(我)接受館員的建議，預約了想借的書。正確答案是４。

(2)

この　ネクタイは　1500円（えん）です。その　となりの　しろい　ネクタイは　2000円（えん）ですが、きょうは　200円（えん）　安（やす）く　なって　います。

28　どの　絵（え）が　ただしいですか。

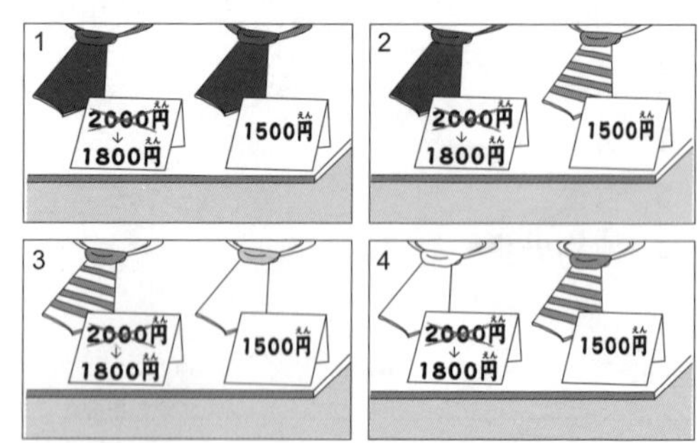

□ この　這個

□ ネクタイ　領帶

□ ～円（えん）　…日圓

□ どの　哪一個

□ 絵（え）　插圖

(2)

這條領帶是 1500 圓。它旁邊的白色領帶是 2000 圓，不過今天便宜了 200 圓。

28 請問下列哪張圖是正確的呢？

Answer **4**

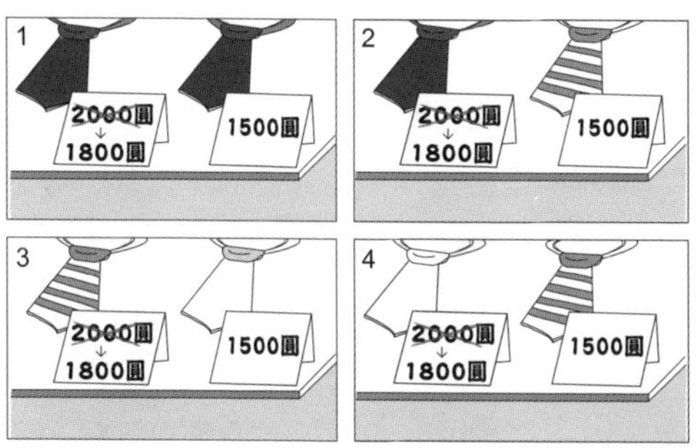

「どの」用於在 3 樣以上的東西裡面挑出一個，如果選項只有兩樣，就用「どちら」。

解題攻略

「このネクタイは 1500 円です」（這條領帶是 1500 圓），「こ」開頭的指示詞用來指示離說話者比較近的事物。

下一句「そのとなりのしろいネクタイは 2000 円ですが、きょうは 200 円安くなっています」（它旁邊的白色領帶是 2000 圓，不過今天便宜了 200 圓）的「その」指的是「（このネクタイの）となりのしろいネクタイ」（〈這條領帶〉旁邊的白色領帶）。「そ」開頭的指示詞指前面提到的 1500 日圓的領帶。這句話用了對比句型「A は～が、B は～」，表示白色領帶今天的售價和之前不一樣。

2000 − 200 = 1800（圓），所以白色領帶是 1800 圓。正確答案是 4。

(3)

あした　いっしょに　遊(あそ)びに　行(い)く　友(とも)だちから　メールが　来(き)ました。

文法詳見 P132

山川(やまかわ)さん

あしたの　お弁当(べんとう)と　飲(の)み物(もの)は　わたしが　準備(じゅんび)します。**山川(やまかわ)さんは　おかしを　持(も)って　きてください。それから、あしたは　暑(あつ)く　なりますから、ぼうしを　忘(わす)れないで　ください。**じゃ、あした8時(じ)に　駅(えき)で　会(あ)いましょう。

吉田(よしだ)

關鍵句

- □ お弁当(べんとう) 便當
- □ 飲(の)み物(もの) 飲料
- □ 準備(じゅんび) 準備
- □ お菓子(かし) 點心；零食
- □ 暑(あつ)い 炎熱的
- □ 帽子(ぼうし) 帽子
- □ 忘(わす)れる 忘記
- □ 駅(えき) 車站

29 山川(やまかわ)さんは　あした　何(なに)を　持(も)って行(い)きますか。

1　お弁当(べんとう)と　飲(の)み物(もの)

2　おかし

3　お弁当(べんとう)と　飲(の)み物(もの)と　ぼうし

4　おかしと　ぼうし

(3)

明天要一起出去玩的朋友寄了電子郵件給我。

山川同學

明天的便當和飲料就由我來準備。請你帶零食過來。另外，明天會變得很熱，所以別忘了戴帽子。那麼我們明天 8 點在車站見囉。

吉田

這一題問的是「山川さん」要帶什麼東西過去，可別搞混了。因為寫這封信的人不是山川本人，所以可以從表示請求或命令的句型「～てください」中找出答案。

「～を忘れないでください」(請別忘了…)隱含的意思就是「～を持ってきてください」(請帶…過來)。

「～ましょう」用來邀請對方一起做某件事情，在這邊暗示了兩人早就約好碰面時間，需要一起遵守。

29 請問明天山川同學要帶什麼過去？

1 便當和飲料　**2** 零食
3 便當、飲料和帽子　**4** 零食和帽子

Answer **4**

「あしたのお弁当と飲み物はわたしが準備します」(明天的便當和飲料就由我來準備)這句話的主語是「わたし」，也就是寫這封信的吉田。「わたしが」的「が」帶有強調的語感，排他性很強，翻譯成「就由我」，意思是「來做這件事情的不是別人，是我」。所以選項 1 、3 都是錯的。

吉田接著說「山川さんはおかしを持ってきてください」(請山川同學帶零食過來)，後面又提到「ぼうしを忘れないでください」(別忘了戴帽子)。所以山川要帶零食和帽子，正確答案是 4 。

文法と萬用句型

【名詞（對象）】＋から。表示從某對象借東西、從某對象聽來的消息，或從某對象得到東西等。「から」前面就是這某對象。

1 ＋から （從…、由…）

例句 山田（やまだ）さんから　時計（とけい）を　借（か）りました。

我向山田先生借了手錶。

[替換單字]

- □ 友（とも）だち 朋友
- □ 姉（あね） 姐姐
- □ 伯父（おじ）さん 伯父

小知識大補帖

▶購物萬用會話

在日本購物時，想要試穿、試戴商品時，該怎麼說呢？不妨試試萬用句「動詞＋もいいですか」（可以____嗎）吧！只要在動詞部分套用「試着（しちゃく）して」（試穿）、「つけてみて」（試戴）、「触（さわ）って」（摸摸看）就行囉！

*｛ ｝內也可自行帶入其他詞彙喔！

常用的表達關鍵句

01 表示對比、比較

→｛お父さん｝より｛お母さん｝のほうが｛好きです｝／比起｛父親｝更｛喜歡母親｝。

→｛乗り物に乗る｝より｛歩く｝ほうが｛いいです｝／｛走路｝比｛搭車好｝。

→｛そこ｝は｛台湾｝より｛暑いです｝／｛那裡的氣候｝比｛台灣炎熱｝。

→｛地理｝は｛歴史｝より｛面白いです｝／｛地理｝比｛歷史有趣｝。

→｛女の人の｝ほうが｛10人｝ほど｛少ない｝／相比之下｛女性少了10個人｝左右。

→｛作家｝は｛先生｝ほど、｛多く｝ない／｛作家｝沒有｛老師｝那麼｛多｝。

→｛太郎｝と｛次郎｝と、どちらが｛好きですか｝／｛太郎｝和｛次郎你｝比較｛喜歡｝哪一個｛呢？｝

→｛果物｝の中で、｛りんご｝がいちばん｛好きです｝／在｛眾多水果｝之中，｛我｝最｛喜歡蘋果｝。

→｛作文｝は｛書きました｝が、｛宿題｝は｛まだです｝／｛寫了作文｝，但｛還沒寫作業｝。

→｛時間がすくな｝すぎる／｛時間｝太｛少｝。

02 表示請求、命令

→｛大きな声で読ん｝でください／請｛大聲朗讀｝。

→｛大人は乗ら｝ないでください／｛成年人｝請勿｛搭乘｝。

關鍵字記單字

▸關鍵字	▸▸▸單字	
着(き)る 穿上	□ 上着(うわぎ)	外衣；上衣
	□ 被(かぶ)る	戴；套，穿
	□ 着(き)る	穿
	□ コート【coat】	上衣；外套，大衣；女短大衣
	□ シャツ【shirt】	（西式）襯衫，襯衣，西裝襯衫；汗衫，內衣
	□ セーター【sweater】	毛衣，毛線上衣
	□ 背広(せびろ)	西裝，普通西服
	□ 服(ふく)	衣服，西服
	□ 帽子(ぼうし)	帽子
	□ ワイシャツ【whiteshirt】	襯衫，西服襯衫

綺麗(きれい) 美麗	□ 綺麗(きれい)	□ 美麗，漂亮，好看
	□ 綺麗(きれい)	□ 潔淨，乾淨
	□ 涼(すず)しい	□ 明亮，清澈
	□ 華(はな)やか	□ 華麗，華美；光彩；精華
	□ 立派(りっぱ)	□ 漂亮，美觀，美麗，華麗

与(あた)える 給予	□ 売(う)る	□ 賣，銷售；揚名
	□ お金(かね)	□ 錢，貨幣
	□ 返(かえ)す	□ 報答；回答；回敬
	□ 貸(か)す	□ 借給，借出，出借；貸給，貸出

▶介紹家庭

わたしの　家は　4人　家族です。
我家一共有 4 個人。

家族は　夫と　子供　3人です。
我家有先生、孩子、還有我一共 3 個人。

わたしの　家族は　父、母、姉、そして　僕です。
我家有爸爸、媽媽、姐姐，還有我。

一番　下の　娘です。
這是我么女／我是排行最小的女兒。

我が家は　大家族です。
我們家是個大家庭。

三人　兄弟の　真ん中です。
我在 3 個兄弟姊妹裡排行中間。

父は　来年　50に　なります。
我的父親明年 50 歲。

姉は　会社員です。
姐姐是上班族。

兄は　野球が　上手です。
哥哥很會打棒球。

▶邀約

出かけませんか。
要不要出來碰個面呢？

出かけましょう。
我們出門去吧。

日曜日に　会えますか。
星期日可以見個面嗎？

買(か)い物(もの)に　行(い)かない。
要不要去買東西？

明日(あした)、暇(ひま)ですか。
明天有空嗎？

土曜日(どようび)は　大丈夫(だいじょうぶ)ですか。
你星期六有時間嗎？

近(ちか)い　うちに　会(あ)いましょう。
我們最近見個面吧。

今度(こんど)また　みんなで　会(あ)いましょう。
下回大家一起聚一聚吧。

▸ **道謝與道歉**

ありがとう。
謝謝。

どうも　ありがとうございます。
非常感謝。

どういたしまして。
不客氣。

大丈夫(だいじょうぶ)ですよ。
不要緊。

こちらこそ。
我才應該向你道謝。

すみません。
對不起。

ごめんなさい。
對不起。

在讀完包含以日常話題或情境為題材等，約 250 字左右撰寫平易的文章段落之後，測驗是否能夠理解其內容。

理解內容／中文

考前要注意的事

作答流程 & 答題技巧

閱讀說明：先仔細閱讀考題説明

閱讀問題與內容：

預估有 2 題

1 考試時建議先看提問及選項，再看文章。

2 閱讀約 250 字的中篇文章，測驗是否能夠理解文章的內容。文章多以日常生活話題或情境所改寫。

3 提問一般用造成某結果的理由「～はどうしてですか」、文章中某詞彙的意思「～は、どんなことですか」、文章內容「～とき、何をしましたか」的表達方式。

4 還有，選擇錯誤選項的「正しくないものどれですか」偶而也會出現，要仔細看清提問喔！

答題：選出正確答案

もんだい5　Reading

つぎの　ぶんしょうを　読んで、しつもんに　こたえて　ください。こたえは、1・2・3・4から　いちばん　いい　ものを　一つ　えらんで　ください。

わたしが　住んで　いる　ビルは　5階まで　あります。わたしの　家は　4階です。4階には　わたしの　家の　ほかに、二つの　家が　あります。

となりの　家には、小さい　子どもが　います。3歳　ぐらいの　男の　子で、いつも　帽子を　かぶって　います。よく　公園で　お母さんと　遊んで　います。

もう　一つの　家には、女の　子が　二人　います。わたしと　同じ　小学校に　行って　います。一人は　同じ　クラスなので、いつも　いっしょに　帰って　きます。

今度、新しく　2階に　来る　家には、わたしと　年の　近い　女の　子が　いると　聞きました。早く　いっしょに　遊びたいです。

30 いつも　いっしょに　帰(かえ)って　くる　子(こ)は、何階(なんがい)に　住(す)んで　いますか。

1　5階(かい)

2　4階(かい)

3　3階(がい)

4　2階(かい)

31 男(おとこ)の　子(こ)は　よく　何(なに)を　して　いますか。

1　家(うち)に　いる

2　公園(こうえん)に　行(い)く

3　学校(がっこう)に　行(い)く

4　女(おんな)の　子(こ)と　遊(あそ)ぶ

もんだい5 Reading

つぎの ぶんしょうを 読んで、しつもんに こたえて ください。こたえは、1・2・3・4 から いちばん いい ものを 一つ えらんで ください。

わたしが 住んで いる ビルは 5階まで あります。わたしの 家は 4階です。4階には わたしの 家の ほかに、二つの 家が あります。 30題 關鍵句

└文法詳見 P144

となりの 家には、小さい 子どもが います。3歳 ぐらいの 男の 子で、いつも 帽子を かぶって います。よく 公園で お母さんと 遊んで います。 31題 關鍵句

└文法詳見 P144

もう 一つの 家には、女の 子が 二人 います。わたしと 同じ 小学校に 行って います。一人は 同じ クラスなので、いつも いっしょに 帰って きます。 30題 關鍵句

今度、新しく 2階に 来る 家には、わたしと 年の 近い 女の 子が いると 聞きました。早く いっしょに 遊びたいです。

└文法詳見 P144

- □ もう一つ 另外一個
- □ 女の子 小女孩
- □ 小学校 小學
- □ 同じ 相同
- □ クラス 班級
- □ 今度 這次
- □ 年の近い 年齡相近
- □ 聞く 聽說；問
- □ 早く 快一點
- □ 住む 居住
- □ ビル 大樓
- □ ～階 …樓
- □ 隣 隔壁
- □ 小さい 小的
- □ 子ども 小孩
- □ ～歳 …歲
- □ 男の子 小男孩
- □ いつも 總是
- □ 帽子 帽子
- □ かぶる 戴〈帽子〉
- □ よく 常
- □ 公園 公園

請先閱讀下面的文章再回答問題。請從選項１・２・３・４當中選出一個最適當的答案。

我住的大樓一共有 5 層樓。我家在 4 樓。4 樓除了我家以外，還有其他兩戶。

隔壁那戶有很小的小朋友。是個年約 3 歲的小男孩，總是戴著帽子。他常常和他媽媽在公園玩耍。

另一戶有兩個小女孩。她們和我上同一間小學。其中一個人和我同班，所以我們都一起回家。

聽說這次要搬來 2 樓的新住戶有個和我年紀差不多的女孩，希望能快快和她一起玩。

□ お母（かあ）さん 媽媽
□ 遊（あそ）ぶ 遊玩

段落主旨

第一段	說明我家的住處和樓層設置。
第二段	介紹鄰居之一的小男孩。
第三段	介紹另一戶鄰居的小女孩。
第四段	總結對未來的期望。

Answer 2

30 いつも　いっしょに　帰って　くる　子は、何階に　住んで　いますか。

1　5階
2　4階
3　3階
4　2階

30 請問總是和作者一起回家的小孩住在幾樓呢？

1 5樓
2 4樓
3 3樓
4 2樓

Answer 2

31 男の　子は　よく　何を　して　いますか。

1　家に　いる
2　公園に　行く
3　学校に　行く
4　女の　子と　遊ぶ

31 請問小男孩常常做什麼呢？

1 待在家
2 去公園
3 去上學
4 和小女孩一起玩

解題攻略

這一題先找出文章裡面提到一起回家的女孩。第三段提到「一人は同じクラスなので、いつもいっしょに帰ってきます」(其中一個人和我同班，所以我們都一起回家)，這一段是在說「もう一つの家」(另一戶)的情形，當同時說明兩件事物時，說完第一項，要說第二項的時候，就可以用「もう一つ」(另一個…)。

第一段提到「わたしの家は4階です。4階にはわたしの家のほかに、二つの家があります」(我家在4樓。4樓除了我家以外，還有其他兩戶)，由此可知這個「もう一つの家」也住在4樓，因此正確答案是2。

「～のほかに」表示「除了…還有…」。

解題攻略

這一題問題關鍵在「よく何をしていますか」，問的是平常常做什麼事情。

第二段提到小男孩是「3歳ぐらいの男の子で、いつも帽子をかぶっています。よく公園でお母さんと遊んでいます」(是個年約3歲的小男孩，總是戴著帽子。他常常和他媽媽在公園玩耍)，「～ぐらい」(大概…)表示推測。

「かぶっています」可以翻譯成「戴著…」，這裡的「～ています」表示狀態或習慣，不是現在進行式的「正在戴」，雖然「戴帽子」也是男孩常做的事情，不過沒有這個選項，「遊んでいます」的「～ています」表示狀態或習慣，不是現在進行式的「正在玩」，從這邊可以得知小男孩最常做的事情就是去公園。因此正確答案是2。

第四段「わたしと年の近い女の子がいると聞きました」(聽說有個和我年紀差不多的女孩)，這裡的「年の近い女の子」也可以用「年が近い女の子」來代替，「早くいっしょに遊びたいです」(希望能快快和她一起玩)的「～たいです」表示說話者個人的心願、希望。

文法と萬用句型

【動詞て形】＋います。表示某一動作後的結果或狀態還持續到現在，也就是說話的當時。

1 ＿＿ ＋ています

（表結果或狀態的持續）

例句 絵（え）が かかって います。

掛著畫。

［替換單字］

- □ ドアが 閉（し）まって 關著門
- □ 帽子（ぼうし）を かぶって 戴著帽子

【動詞て形】＋います。跟表示頻率的「毎日（まいにち）、いつも、よく、時々（ときどき）」等單詞使用，就有習慣做同一動作的意思。

2 ＿＿ ＋ています （表習慣性）

例句 毎朝（まいあさ） いつも 紅茶（こうちゃ）を 飲（の）んで います。

每天早上習慣喝紅茶。

［替換單字］

- □ 勉強（べんきょう）して 念書
- □ 歌（うた）って 唱歌
- □ 風呂（ふろ）に 入（はい）って 泡澡

【動詞ます形】＋たい。表示說話人（第一人稱）內心希望某一行為能實現，或是強烈的願望。否定時用「たくない」、「たくありません」。

3 ＿＿ ＋たい （…想要…）

例句 食（た）べたいです。

想要吃。

［替換單字］

- □ 買（か）い 買
- □ 行（い）き 去
- □ 飲（の）み 喝

小知識大補帖

▶ 日本租屋不可不知

「マンション」和「アパート」有何不同？在日租屋該如何選擇呢？

一般「マンション」都有4層樓以上，設備較新且防震的措施也較為健全，通常樓梯或電梯都會設置在建築物內，缺點則是房租及管理費較為昂貴。

「アパート」則是3層樓以下的建築，有些年份較舊的甚至還有木造建築，由於租金較為便宜，許多學生及單身族群都會選擇「アパート」居住。不過設備和防震措施較不齊全，且樓梯大多設置在建築物外側，任何人都可以通過樓梯走到家門口，難免讓人有些安全的疑慮。

MEMO

もんだい5　Reading

つぎの　ぶんしょうを　読(よ)んで、しつもんに　こたえて　ください。こたえは、1・2・3・4から　いちばん　いい　ものを　一(ひと)つ　えらんで　ください。

　父(ちち)は　毎日(まいにち)　コーヒーを　飲(の)みます。夏(なつ)の　暑(あつ)い　ときには、冷(つめ)たい　コーヒーを、冬(ふゆ)の　寒(さむ)い　ときには、温(あたた)かい　コーヒーを　飲(の)みます。わたしも　ときどき　飲(の)みますが、コーヒーは　おいしいと　思(おも)いません。

　きょうの　朝(あさ)は、コーヒーが　ありませんでした。きのう、スーパーへ　行(い)った　とき、売(う)って　いなかったからです。父(ちち)は　わたしたちと　いっしょに　お茶(ちゃ)を　飲(の)みました。きょうの　お茶(ちゃ)は、中国(ちゅうごく)の　有名(ゆうめい)な　お茶(ちゃ)でした。寒(さむ)い　朝(あさ)に、温(あたた)かい　お茶(ちゃ)を　飲(の)んで、体(からだ)も　温(あたた)かく　なって、元気(げんき)が　出(で)ました。

30 きょうの　朝、お父さんは　どうして　コーヒーを　飲みませんでしたか。

1　きょうの　朝は　寒かったので

2　うちに　コーヒーが　なかったので

3　コーヒーは　おいしいと　思わないので

4　きょうの　朝は　暑かったので

31 きょうの　朝は　どんな　お茶を　飲みましたか。

1　あまり　おいしくない　お茶

2　有名な　お茶

3　冷たい　お茶

4　まずい　お茶

つぎの ぶんしょうを 読んで、しつもんに こたえて ください。こたえは、1・2・3・4 から いちばん いい ものを 一つ えらんで ください。

父は 毎日 コーヒーを 飲みます。夏の 暑い ときには、冷たい コーヒーを、冬の 寒い ときには、温かい コーヒーを 飲みます。わたしも ときどき 飲みますが、コーヒーは おいしいと 思いません。

きょうの 朝は、コーヒーが ありませんでした。 きのう、スーパーへ 行った とき、売って いなかったからです。父は わたしたちと いっしょに お茶を 飲みました。**きょうの お茶は、中国の 有名な お茶でした。** 寒い 朝に、温かい お茶を 飲んで、体も 温かく なって、元気が 出ました。

30題 關鍵句

31題 關鍵句

文法詳見 P152

文法詳見 P152

文法詳見 P152

- □ 父 我的爸爸；家父
- □ 毎日 每天
- □ コーヒー 咖啡
- □ 飲む 喝
- □ 夏 夏天
- □ 暑い 炎熱的
- □ 冷たい 冰涼的
- □ 冬 冬天
- □ 寒い 寒冷的
- □ 温かい 暖和；溫暖
- □ 時々 有時候
- □ スーパー 超市
- □ お茶 茶
- □ 中国 中國
- □ 有名 有名
- □ 朝 早上
- □ 体 身體
- □ 元気 精神；精力
- □ まずい 味道不好的

請先閱讀下面的文章再回答問題。請從選項1・2・3・4當中選出一個最適當的答案。

爸爸每天都會喝咖啡。夏天炎熱的時候喝冰咖啡，冬天寒冷的時候就喝熱咖啡。我有時雖然也會喝，可是我不覺得咖啡很美味。

今天早上咖啡沒有了。這是因為昨天去超市的時候發現它沒有賣。爸爸和我們一起喝了茶。今天的茶是中國很有名的茶葉。在寒冷的早上喝一杯溫熱的茶，身體會暖和起來，精神都來了。

段落主旨

第一段	講述父親每天喝咖啡的習慣。
第二段	介紹今天喝的茶。

Answer **2**

30 きょうの　朝（あさ）、お父（とう）さんは　どうして　コーヒーを　飲（の）みませんでしたか。

1 きょうの　朝（あさ）は　寒（さむ）かったので
2 うちに　コーヒーが　なかったので
3 コーヒーは　おいしいと　思（おも）わないので
4 きょうの　朝（あさ）は　暑（あつ）かったので

30 請問今天早上為什麼爸爸沒有喝咖啡呢？

1 因為今天早上很冷
2 因為家裡沒有咖啡
3 因為不覺得咖啡好喝
4 因為今天早上很熱

Answer **2**

31 きょうの　朝（あさ）は　どんな　お茶（ちゃ）を　飲（の）みましたか。

1 あまり　おいしくない　お茶（ちゃ）
└文法詳見 P153
2 有名（ゆうめい）な　お茶（ちゃ）
3 冷（つめ）たい　お茶（ちゃ）
4 まずい　お茶（ちゃ）

31 請問今天早上喝的茶是怎樣的茶呢？

1 不太好喝的茶
2 有名的茶
3 冰的茶
4 難喝的茶

解題攻略

這一題問題關鍵在「どうして」，問的是原因理由。

文章第一段提到「父は毎日コーヒーを飲みます」(爸爸每天都會喝咖啡)，不過第二段說明昨天在超市沒買到咖啡，今天早上沒有咖啡可以喝，所以爸爸才和其他人一起喝茶。正確答案是2。

「夏の暑いときには、冷たいコーヒーを」(夏天炎熱的時候喝冰咖啡)的「を」，下面省略了「飲みます」。像這樣省略「を」後面的他動詞是很常見的表現，作用是調節節奏，或是讓內容看起來簡潔有力，我們只能依照常識去判斷被省略的動詞是什麼，在這邊因為後面有一句「温かいコーヒーを飲みます」，所以可以很明確地知道消失的部分是「飲みます」。

「わたしもときどき飲みますが、コーヒーはおいしいと思いません」(我有時雖然也會喝，可是我不覺得咖啡很美味)，「ときどき」是「有時」的意思，表示頻率的常見副詞按照頻率高低排序，依序是「よく(時常) > ときどき(有時) > たまに(偶爾) > あまり(很少) > ぜんぜん(完全不)」，要注意最後兩個的後面都接否定表現。

「～と思いません」用來表示說話者的否定想法，「と」的前面放想法、感受，可以翻譯成「我不覺得…」、「我不認為…」。

解題攻略

這一題解題關鍵在「きょうのお茶は、中国の有名なお茶でした」(今天的茶是中國很有名的茶葉)，直接點出答案就是「有名なお茶」，正確答案是2。

「体も温かくなって」(身體也暖和了起來)的「～くなります」前面接形容詞語幹，表示變化。

文法と萬用句型

【名詞（の）；形容動詞（な）；[形容詞・動詞]普通形；動詞過去形；動詞現在形】＋とき。表示與此同時並行發生其他的事情。

1 ＋とき （…的時候…）

例句 デパートへ　行った　とき、買いました。
去百貨公司的時候買了。

[替換單字]
- □ 新幹線に　乗った　搭乘新幹線
- □ 休みの　休假
- □ 好きな　喜歡

【[形容詞・動詞]普通形】＋から。表示原因、理由。一般用於說話人出於個人主觀理由，進行請求、命令、希望、主張及推測，是種較強烈的意志性表達。

2 ＋から （因為…）

例句 甘いから、食べます。
因為很甜，所以要吃。

[替換單字]
- □ 元気　になる　有精神
- □ 好きだ　喜歡
- □ 美味しい　ケーキだ　美味的蛋糕

【形容詞詞幹】＋なります。形容詞後面接「なります」，要把詞尾的「い」變成「く」。表示事物本身產生的自然變化，這種變化並非人為意圖性的施加作用。即使變化是人為造成的，若重點不在「誰改變的」，也可用此文法。

3 ＋なります （變成…）

例句 空が　赤く　なりました。
天空變紅了。

[替換單字]
- □ 黒く　黑
- □ 青く　藍
- □ 白く　白

4 あまり＋　　＋ない　（不太…）

例句　あの 店(みせ)は　あまり　おいしく ありません。
那家店不太好吃。

あまり＋【[形容詞・形容動・動詞]否定形】＋ない。下接否定的形式，表示程度不特別高，數量不特別多。

[替換單字]
- □ 行(い)きたく　想去
- □ きれいでは　漂亮

小知識大補帖

▶飲料點餐萬用句

「ウーロン茶(ちゃ)」（烏龍茶）、「紅茶(こうちゃ)」（紅茶）、「ミルクティー」（奶茶）、「コーヒー」（咖啡）、「オレンジジュース」（柳橙汁）、「レモンティー」（檸檬茶）、「コーラ」（可樂）、「ココア」（可可亞）。將這些飲料的日語記下來，再搭配萬用句「（飲料）＋をください」（請給我〈飲料〉），以後去日本要點飲料時就方便多了！

もんだい5　Reading

つぎの　ぶんしょうを　読んで、しつもんに　こたえて　ください。こたえは、1・2・3・4から　いちばん　いい　ものを　一つ　えらんで　ください。

ことしの　夏休みに　したいことを　考えました。

7月は　家族で　外国に　旅行に　行きますが、その　あとは　時間が　あるので、いろいろな　ことを　したいです。

わたしは　音楽が　好きで、CDも　たくさん　持って　います。うちの　近くに　ピアノを　教えて　いる　先生が　いるので、夏休みに　習いに　行きたいです。来週、先生の　教室を　見に　行きます。

それから、料理も　したいです。休みの　日には　ときどき　料理を　して　いますが、学校が　ある　日は　忙しいので　できません。母は　料理が　じょうずなので、母に　習いたいと　思います。

30 ことしの　夏休みに　何を　したいと　思って　いますか。

1　外国に　行って、ピアノを　習いたい

2　ピアノを　教えたい

3　ピアノと　料理を　習いたい

4　CDを　たくさん　買いたい

31 いつも　料理は　どのぐらい　しますか。

1　休みの　日に　ときどき　します。

2　しません。

3　毎日　します。

4　学校が　ある　日に　します。

もんだい5 Reading

つぎの ぶんしょうを 読んで、しつもんに こたえて ください。こたえは、1・2・3・4 から いちばん いい ものを 一つ えらんで ください。

ことしの 夏休みに したいことを 考えました。

7月は 家族で 外国に 旅行に 行きますが、その あとは 時間が あるので、いろいろな ことを したいです。

わたしは 音楽が 好きで、CDも たくさん 持って います。**うちの 近くに ピアノを 教えて いる 先生が いるので、夏休みに 習いに 行きたいです。**（30題 關鍵句）来週、先生の 教室を 見に 行きます。

それから、料理も したいです。休みの 日には ときどき 料理を して います（31題 關鍵句）が、学校が ある 日は 忙しいので できません。母は 料理が（文法詳見 P158） じょうずなので、母に 習いたいと 思います。

- □ 今年 今年
- □ 夏休み 暑假
- □ 考える 思考；考慮
- □ 家族 家族
- □ 外国 外國
- □ 旅行 旅行
- □ 音楽 音樂
- □ 好き 喜歡
- □ 持っている 擁有
- □ ピアノ 鋼琴
- □ 教える 教導
- □ 習う 學習
- □ 教室 教室
- □ 休み 休假
- □ 料理をする 煮菜
- □ ときどき 有時候
- □ 忙しい 忙碌的
- □ できる 會…；辦得到
- □ 上手 拿手
- □ 思う 想；覺得

請先閱讀下面的文章再回答問題。請從選項１・２・３・４當中選出一個最適當的答案。

我思考了一下今年暑假想做什麼。

7月要和家人去國外旅行，回國後有空出的時間，所以我想做很多事情。

我喜歡音樂，也收藏很多 CD。我家附近有在教鋼琴的老師，所以我暑假想去學。下禮拜要去參觀老師的教室。

接著，我想要下廚。假日我有時候會煮菜，不過要上學的日子很忙，沒辦法下廚。我媽媽燒得一手好菜，所以我想向她討教幾招。

段落主旨

第一、二段	開門見山點出暑假要做什麼的主題。
第三段	講述作者首先想做的事——學鋼琴，及原因。
第四段	講述第二件想做的事——下廚，及原因。

Answer 3

30 ことしの 夏休み(なつやす)みに 何(なに)を したいと 思(おも)って いますか。

1 外国(がいこく)に 行(い)って、ピアノを 習(なら)いたい
2 ピアノを 教(おし)えたい
3 ピアノと 料理(りょうり)を 習(なら)いたい
4 CDを たくさん 買(か)いたい

30 請問今年夏天作者想做什麼呢？

1 想去國外學鋼琴
2 想教授鋼琴
3 想學鋼琴和煮菜
4 想買很多的 CD

Answer 1

31 いつも 料理(りょうり)は どのぐらい しますか。

1 休(やす)みの 日(ひ)に ときどき します。
2 しません。
3 毎日(まいにち) します。
4 学校(がっこう)が ある 日(ひ)に します。

31 請問作者多久下一次廚？

1 假日有時候會下廚
2 作者不煮菜
3 每天都下廚
4 有上學的日子才煮菜

文法と萬用句型

【名詞】＋は＋【名詞】＋が。
「が」前面接名詞，可以表示該名詞是後續謂語所表示的狀態的對象。

1 ＋は＋ ＋が

（表對象狀態）

例句 父(ちち)は、頭(あたま)が 大(おお)きいです。
爸爸的頭很大。

解題攻略

這一題問題問的是作者今年暑假想做什麼，「～と思っていますか」是用來問第三人稱（＝作者）的希望、心願。如果是問「ことしの夏休みに何をしたいと思いますか」，就變成詢問作答的人今年暑假想做什麼了。

解題關鍵在第３段的「家の近くにピアノを教えている先生がいるので、夏休みに習いに行きたいです」（我家附近有在教鋼琴的老師，所以我暑假想去學），以及文章第４段的「それから、料理もしたいです」（接著，我想要下廚）。「それから」的意思是「還有…」，表示作者除了學鋼琴還有其他想做的事情，也就是第３段提到的「下廚」，因此正確答案是３。

「～に行きたいです」的意思是「為了…想去…」。

選項１「外国に行って、ピアノを習いたい」（想去國外學鋼琴）的「～て」表示行為的先後順序，意思是先去國外，然後在國外學鋼琴。

解題攻略

這一題問題關鍵在「どのぐらい」，可以用來詢問能力的程度，不過在這邊是詢問行為的頻率。

解題重點在第４段「休みの日にはときどき料理をしていますが、学校がある日は忙しいのでできません」，表示作者假日有時候會煮菜，不過要上學的日子就沒辦法下廚，因此正確答案是１。

「ときどき」是「有時」的意思，表示頻率的常見副詞按照頻率高低排序，依序是「よく（時常）>ときどき（有時）>たまに（偶爾）>あまり（很少）>ぜんぜん（完全不）」，要注意最後兩個的後面都接否定表現。

［替換單字］

□ 母（はは） 媽媽・顔（かお） 臉

□ 兄（あに） 哥哥・鼻（はな） 鼻子

□ 姉（あね） 姊姊・口（くち） 嘴巴

もんだい5　Reading

つぎの　ぶんしょうを　読んで、しつもんに　こたえて　ください。こたえは、1・2・3・4から　いちばん　いい　ものを　一つ　えらんで　ください。

同じ　クラスの　田中さんは、毎日、違う　色の　服を　着て　きます。

きょう、田中さんに「何色の　服が　いちばん　好きですか。」と　聞きました。田中さんは「赤が　いちばん　好きです。赤い　色の　服を　着た　日は、いちばん　うれしいです。」と　言いました。今週、田中さんは　２回　赤い　色の　服を　着て　学校に　来ました。白い　服と　黄色い　服と　緑の　服も　１回ずつ　ありました。

わたしは、毎朝　学校に　着て　いく　服の　色を、あまり　考えません。黒や　茶色の　服を　よく　着ますが、これからは、もっと　いろいろな　色の　服を　着たいと　思います。

30 今週、田中さんが　いちばん　よく　着た　服の　色は　何色ですか。

1　赤
2　白と　黄色
3　緑
4　黒と　茶色

31 「わたし」は、学校に　着て　いく　服の　色を、これから　どうしたいと　思って　いますか。

1　あまり　考えません。
2　赤い　色の　服を　着たいです。
3　これからも　黒や　茶色の　服を　着たいです。
4　いろいろな　色の　服を　着たいです。

もんだい5　Reading

つぎの　ぶんしょうを　読んで、しつもんに　こたえて　ください。こたえは、1·2·3·4から　いちばん　いい　ものを　一つ　えらんで　ください。

同じ　クラスの　田中さんは、毎日、違う　色の　服を　着て　きます。

きょう、田中さんに「何色の　服が　いちばん　好きですか。」と　聞きました。田中さんは「赤が　いちばん　好きです。赤い　色の　服を　着た　日は、いちばん　うれしいです。」と（文法詳見 P166）　言いました。**今週、田中さんは　2回　赤い　色の　服を　着て　学校に　来ました。白い　服と　黄色い　服と　緑の　服も　1回ずつ（文法詳見 P166）　ありました。**（30題 關鍵句）

わたしは、毎朝　学校に　着て　いく　服の　色を、あまり　考えません（文法詳見 P166）。黒や　茶色の　服を　よく　着ますが、**これからは、もっと　いろいろな　色の　服を　着たいと　思います。**（31題 關鍵句）

- □ 同じ　相同的
- □ クラス　班級
- □ 違う　不同
- □ 着る　穿
- □ 何色　什麼顏色
- □ 赤い　紅色的
- □ 嬉しい　開心的
- □ 黄色い　黃色的
- □ 緑　綠色
- □ 毎朝　每天早上
- □ 茶色　茶色
- □ よく　經常
- □ もっと　更

請先閱讀下面的文章再回答問題。請從選項１・２・３・４當中選出一個最適當的答案。

同班的田中同學每天都穿不同顏色的衣服。

今天我問田中同學：「妳最喜歡什麼顏色的衣服」，田中同學說：「我最喜歡紅色。穿紅色衣服的那一天最開心」。這禮拜田中同學穿了兩次紅色衣服來上學。白色衣服、黃色衣服和綠色衣服也各穿了一次。

我每天都沒有多想要穿什麼衣服上學。我常穿黑色或咖啡色的衣服，不過接下來我想多穿其他顏色的衣服。

段落主旨

第一段	開門見山點出要介紹的主題，田中同學的每日穿著。
第二段	介紹田中同學最喜歡穿的顏色，還有這一週的穿著顏色。
第三段	作者自己的穿著及想法。

Answer 1

30 今週、田中さんが いちばん よく 着た 服の 色は 何色ですか。

1 赤
2 白と 黄色
3 緑
4 黒と 茶色

30 請問這禮拜田中同學最常穿的衣服顏色是什麼顏色？

1 紅色
2 白色和黃色
3 綠色
4 黑色和咖啡色

Answer 4

31 「わたし」は、学校に 着て いく 服の 色を、これから どうしたいと 思って いますか。

1 あまり 考えません。
2 赤い 色の 服を 着たいです。
3 これからも 黒や 茶色の 服を 着たいです。
4 いろいろな 色の 服を 着たいです。

31 請問「我」對於接下來穿去上學的衣服顏色，是怎麼想的呢？

1 沒多加思考
2 想穿紅色的衣服
3 接下來也要穿黑色或咖啡色的衣服
4 想穿各種顏色的衣服

解題攻略

這一題問的是「いちばんよく着た」(最常穿的)，「いちばん」(最…)表示最高級，表程度或頻率最多、最高的。

解題關鍵在第二段的最後兩句「今週、田中さんは2回赤い色の服を着て学校に来ました」(這禮拜田中同學穿了兩次紅衣服來上學)、「しろい服と黄色い服と緑の服も1回ずつありました」(白色衣服、黃色衣服和綠色衣服也各穿了一次)。

由此可知田中同學這個禮拜穿了2次紅衣服、1次白衣服、1次黃衣服、1次綠衣服，所以紅色是這個禮拜最常穿的顏色。正確答案是1。

「ずつ」前面接數量、比例，意思是「各…」。

解題攻略

問題中的「どうしたい」意思是「想怎麼做」，「どう」用來詢問狀態，「～と思っていますか」用於詢問第三人稱的心願、希望。

答案在全文最後一句「黒や茶色の服をよく着ますが、これからは、もっといろいろな色の服を着たいと思います」(我常穿黑色或咖啡色的衣服，不過接下來我想多穿其他顏色的衣服)。「これから」意思是「接下來」，後面加上「は」表示接下來的發展將會和過去不一樣。正確答案是4。

文章最後一段提到「わたしは…あまり考えません」(我…沒有多想…)，句型「あまり～ません」表示程度不怎麼高或數量不怎麼多。

請注意「あまり」的後面一定接否定表現，意思是「不怎麼…」。

文法と萬用句型

【句子】＋ と。用於直接引用。「と」接在某人說的話，或寫的事物後面，表示說了什麼、寫了什麼。

1 ＿＿ ＋と （說…）

例句 テレビで 「今日(きょう)は 晴(は)れるでしょう」と 言(い)って いました。

電視的氣象預報說了「今日大致是晴朗的好天氣」。

【數量詞】＋ずつ。接在數量詞後面，表示平均分配的數量。

2 ＿＿ ＋ずつ （每、各）

例句 お菓子(かし)は 一人(ひとり) 1個(いっこ)ずつです。

點心一人一個。

[替換單字]

□ 二(ふた)つ 兩個

□ 少(すこ)し 一點

あまり＋【[形容詞・形容動・動詞] 否定形】＋ない。「あまり」下接否定的形式，表示程度不特別高，數量不特別多。

3 あまり＋ ＿＿ ＋ない （不太…）

例句 小(ちい)さいころ、あまり 体(からだ)が 丈夫(じょうぶ)では ありませんでした。

小時候身體不太好。

小知識大補帖

▶ 必背服裝單字

關於穿著打扮的單字還有「ズボン」（褲子）、「スカート」（裙子）、「コート」（大衣）、「くつ」（鞋子）、「くつした」（襪子）、「帽子(ぼうし)」（帽子）、「かばん」（包包）。不妨一起記下來哦！

▶ **觀察日系穿搭**

走在日本街頭時，會發現很少日本女生穿著短褲、短裙。

雖然也有少數地區及族群例外，不過大部分的日本人都會避免穿著過於暴露的衣著，夏天一定要穿短褲的話，也是膝上一個手掌左右的長度。另外，在台灣十分常見的貼身瑜珈褲等，日本人也不會單穿，比較常見的穿法是外面再套上一件透氣短褲，避免露出過多的身體曲線。

而布料的顏色通常不會太過飽和，甚至鮮少會看到花俏的卡通圖案。給人的感覺較為簡約、乾淨，利用多層次的穿法、質感而低調的配色以及流行品牌來打造潮流、時尚的風格。

MEMO

＊{ } 內也可自行帶入其他詞彙喔！

常用的表達關鍵句

01 表示引用

→{彼の父親は外国にいる} と聞いている／聽說{他的父親目前人在國外}。

→{彼女から「来ない」} と聞きました／我聽 { 她 } 說，{ 她不來 }。

02 表示婉轉的斷定

→{このことは、小学生でも知っている} でしょう／ { 這件事，就連小學生都知道 } 吧。

→{明日は風が強い} でしょう／ { 明天風很強 } 吧。(氣象)

→{もうすぐ出てくる} であろう／大概 { 很快就會出來了 } 吧。

→{お正月は北海道へスキーに行こう} と思います／我打算 { 春節期間到北海道滑雪 }。

03 表示委婉表現

→{いろんな夫婦がいる} だろう／ { 世界上有各種各樣的夫妻關係 } 吧。

→{彼女なら、一生懸命になる} ではないか／ { 她的話 } 大概會 { 卯起來努力 } 吧？

→{山田さんは優しい人だ} と思う／我覺得 { 山田同學是個和善親切的人 }。

04 表示期望

→{もっと時間} がほしいです／ { 我 } 想要有 { 更多的時間 }。

→{私は医者になり} たいです／ { 我 } 想 { 當醫生 }。

關鍵字記單字

▸關鍵字	▸▸▸單字	
人（ひと） 人	□ 大人（おとな）	大人；成人，成年人
	□ 子（こ）ども	兒童，小孩兒
	□ さん	…先生，女士，小，老
	□ 小（ち）さい	幼小的
	□ 隣（となり）	鄰人

飲（の）む 喝	□ お酒（さけ）	酒的總稱
	□ お茶（ちゃ）	茶水
	□ カップ【cup】	盛食品的西式器皿
	□ 喫茶店（きっさてん）	茶館，咖啡館
	□ 牛乳（ぎゅうにゅう）	牛奶
	□ グラス【glass】	玻璃杯；玻璃
	□ コーヒー【（荷）koffie】	咖啡
	□ コップ【（荷）kop】	玻璃杯；杯子
	□ 強（つよ）い	強烈的
	□ 飲（の）み物（もの）	飲料
	□ 飲（の）む	吞下去
	□ 飲（の）む	喝；咽；吃
	□ 杯（はい）	酒杯
	□ 入（はい）る	飲（酒）
	□ 水（みず）	水；涼水，冷水；液；汁

もんだい5　Reading

つぎの　ぶんしょうを　読んで、しつもんに　こたえて　ください。こたえは、1・2・3・4から　いちばん　いい　ものを　一つ　えらんで　ください。

結婚するまえ、休みの　日は　いつも　おそくまで　寝て　いました。12時ごろ　起きて、ゆっくり　朝ごはんを　食べて　から、部屋の　そうじを　したり、本を　読んだり　しました。

今は　結婚して、子どもが　いますので、休みの　日も　早く　起きます。子どもと　いっしょに　6時　ごろに　起きて、朝ごはんを　作ります。子どもは　朝ごはんを　食べて、宿題を　して　から、友だちの　家に　遊びに　行ったり、公園に　行ったり　します。お昼ごはんの　時間には　帰って　きます。一人の　時間は　あまり　ありませんが、毎日　とても　楽しいです。

30 休みの　日、子どもは　どうしますか。

1　部屋の　そうじを　したり、本を　読んだり　します。

2　友だちの　家で　お昼ごはんを　食べます。

3　友だちの　家や　公園に　行きます。

4　12時ごろ　起きます。

31 この　人は　今の　生活を　どう　思って　いますか。

1　一人の　時間が　もっと　ほしいです。

2　朝　早く　起きたく　ありません。

3　お昼ごはんは　家に　帰りたいです。

4　子どもが　いる　生活は　楽しいです。

もんだい5　Reading

つぎの　ぶんしょうを　読んで、しつもんに　こたえて　ください。こたえは、1・2・3・4から　いちばん　いい　ものを　一つ　えらんで　ください。

結婚するまえ（文法詳見P176）、休みの　日は　いつも　おそくまで　寝て　いました。12時ごろ（文法詳見P176）　起きて、ゆっくり　朝ごはんを　食べてから（文法詳見P176）、部屋の　そうじを　したり、本を　読んだり　しました。

今は　結婚して、子どもが　いますので、休みの　日も　早く　起きます。子どもと　いっしょに　6時　ごろに　起きて、朝ごはんを　作ります。**子どもは　朝ごはんを　食べて、宿題を　して　から、友だちの　家に　遊びに　行ったり、公園に　行ったり　します**（文法詳見P176）。お昼ごはんの　時間には　帰って　きます。**一人の　時間は　あまり　ありませんが、毎日　とても　楽しいです。**

30題關鍵句

31題關鍵句

□ 結婚　結婚

□ 起きる　起床

□ ゆっくり　慢慢地；充裕

□ 朝ご飯　早餐

□ 部屋　房間

□ 掃除　打掃

□ 子ども　小孩

□ 休みの日　假日

□ 家　家

□ 遊ぶ　遊玩

□ 公園　公園

□ 行く　去

請先閱讀下面的文章再回答問題。請從選項１・２・３・４當中選出一個最適當的答案。

結婚前我假日總是睡到很晚。12 點左右起床，慢慢地享用早餐，然後掃掃房間、看看書。

現在結了婚，有了小孩，假日也很早起床。我和小孩一起在早上 6 點起床做早餐。小孩吃過早餐、寫過功課，就去朋友家玩，或是去公園，到了午餐時間就會回家。雖然我沒什麼獨處時間，但我每天都很開心。

段落主旨

第一段	介紹作者婚前的日常。
第二段	説明婚後的改變，及作者的想法。

 Answer 3

30 休(やす)みの 日(ひ)、子(こ)どもは どうしますか。

1 部屋(へや)の そうじを したり、本(ほん)を 読(よ)んだり します。
2 友(とも)だちの 家(うち)で お昼(ひる)ごはんを 食(た)べます。
3 友(とも)だちの 家(うち)や 公園(こうえん)に 行(い)きます。
4 12時(じ)ごろ 起(お)きます。

30 請問假日的時候小孩都在做什麼呢？

1 掃掃房間、看看書
2 在朋友家吃中餐
3 去朋友家或公園
4 在 12 點左右起床

 Answer 4

31 この 人(ひと)は 今(いま)の 生活(せいかつ)を どう 思(おも)って いますか。

1 一人(ひとり)の 時間(じかん)が もっと ほしいです。
2 朝(あさ) 早(はや)く 起(お)きたく ありません。
3 お昼(ひる)ごはんは 家(うち)に 帰(かえ)りたいです。
4 子(こ)どもが いる 生活(せいかつ)は 楽(たの)しいです。

31 請問這個人覺得現在的生活如何呢？

1 想要有更多一個人的時間
2 不想早起
3 想回家吃中餐
4 和小孩在一起的生活很快樂

解題攻略

題目中「どうしますか」問的是小孩們的情況、都做些什麼事情。

選項1是作者婚前的假日生活，所以錯誤。

選項2可見文章第二段「子どもは…お昼ごはんの時間には帰ってきます」（小孩到了午餐時間就會回家）。由此可知小孩並沒有在朋友家吃午餐，所以錯誤。

選項4，文章第二段提到「子どもといっしょに6時ごろに起きて」（我和小孩一起在早上6點起床）。小孩起床時間是早上6點，所以也錯誤。正確答案是3。

解題攻略

題目問的是作者「今の生活」（現在的生活）。

答案在文章最後一句「一人の時間はあまりありませんが、毎日とても楽しいです」（雖然我沒什麼獨處時間，但我每天都很開心），表示作者覺得現在有了小孩的生活很快樂。正確答案是4。

「今は結婚して、子どもがいますので、休みの日も早く起きます」（現在結了婚，有了小孩，假日也很早起床），句中的「も」是並列用法，可以翻譯成「也…」，指平日也和假日一樣要早起。

文法と萬用句型

【動詞辭書形】＋まえ。表示後項發生在前項之前。

1 ＋まえ　（…前）

例句 結婚(けっこん)するまえ　子(こ)どもが　生(う)まれました。
小孩誕生於結婚前。

【名詞】＋ごろ。表示大概的時間點，一般只接在年、月、日，和鐘點的詞後面。

2 ＋ごろ　（左右）

例句 11月(じゅういちがつ)ごろから　寒(さむ)く　なります。
從 11 月左右開始變冷。

【動詞て形】＋から。結合兩個句子，表示動作順序，強調先做前項的動作或前項事態成立，再進行後句的動作。或表示某動作、持續狀態的起點。

3 ＋てから
（先做…，然後再做…；從…）

例句 お風呂(ふろ)に　入(はい)って　から、晩(ばん)ご飯(はん)を　食(た)べます。
洗完澡後吃晚飯。

［替換單字］
- □ 紅茶(こうちゃ)を　飲(の)んで 喝紅茶
- □ 勉強(べんきょう)して 念書
- □ 宿題(しゅくだい)を　やって 做作業

【動詞た形】＋り＋【動詞た形】＋り＋する。可表示動作並列，意指從幾個動作之中，例舉出 2、3 個有代表性的，並暗示還有其他的。

4 ＋り＋　＋り＋する
（又是…，又是…；有時…，有時…）

例句 休(やす)みの　日(ひ)は、掃除(そうじ)を　したり　洗濯(せんたく)を　したり　します。
假日又是打掃、又是洗衣服等等。

［替換單字］
- □ 飲(の)んだ 喝・食(た)べた 吃
- □ 歌(うた)った 唱歌・踊(おど)った 跳舞

小知識大補帖

▶ 日本便當文化

日本的便當文化從平安時代流傳至今，當時是將乾燥的米飯用小容器攜帶在身上，加水便可食用。

演變到現在，日本人的便當就像藝術品一般，不只會注重擺放是否漂亮，還會考量配菜的顏色，看上去有紅、有綠、有黃，顏色豐富得令人食指大動。

而其中的極致大概就是「キャラ弁（べん）」了。許多日本媽媽會將便當作成當紅動漫或卡通人物的造型，這樣的便當就稱作「キャラ弁（べん）」。這麼做一方面能讓不吃飯的孩子乖乖吃飯，另一方面做菜的媽媽也能從中獲得成就感。現今在社交媒體上經常可見各種角色的便當，真是不得不佩服日本媽媽們的創造力。

MEMO

もんだい5　Reading

つぎの　ぶんしょうを　読んで、しつもんに　こたえて　ください。こたえは　1・2・3・4から　いちばん　いい　ものを　一つ　えらんで　ください。

　きのうは　日曜日でした。朝から　雨が　降って　いましたので、陳さんは、昼まで　家で　テレビを　見たり、本を読んだり　しました。昼ごはんの　あと、音楽を　聴きながら、部屋の　そうじを　しました。陳さんは　アメリカの音楽が　大好きです。ゆうがた、友だちの　林さんが　遊びに　来ました。二人は　いっしょに　近くの　スーパーへ行って、買い物を　しました。それから　陳さんの　家で晩ごはんを　作って、いっしょに　食べました。自分たちの国の　料理でした。晩ごはんの　あと　二人で　公園を　散歩しました。

30 きのうの　午前、陳さんは　何を　しましたか。

1　音楽を　聴きながら、部屋の　そうじを　しました。

2　テレビを　見たり、本を　読んだり　しました。

3　自分の　国の　料理を　つくりました。

4　スーパーへ　買い物に　行きました。

31 スーパーは　どこに　ありますか。

1　陳さんの　家の　近く

2　アメリカの　近く

3　林さんの　家の　近く

4　林さんの　国の　近く

もんだい5　Reading

つぎの　ぶんしょうを　読んで、しつもんに　こたえて　ください。こたえは　1·2·3·4 から　いちばん　いい　ものを　一つ　えらんで　ください。

きのうは　日曜日でした。朝から　雨が　降って　いましたので、**陳さんは、昼まで　家で　テレビを　見たり、本を　読んだり　しました。**（30題 關鍵句）昼ごはんの　あと、音楽を　聴きながら（文法詳見P184）、部屋の　そうじを　しました。陳さんは　アメリカの　音楽が　大好きです。ゆうがた、**友だちの　林さんが　遊びに　来ました。二人は　いっしょに　近くの　スーパーへ　行って、買い物を　しました。**（31題 關鍵句）それから　陳さんの　家で　晩ごはんを　作って、いっしょに　食べました。自分たちの　国の　料理でした。晩ごはんの　あと　二人で　公園を　散歩しました。

- □ 雨が降る　下雨
- □ 本　書
- □ 読む　看（書）
- □ 部屋　房間
- □ 掃除　打掃
- □ 夕方　傍晚
- □ スーパー　超市
- □ 買い物　購物
- □ それから　之後
- □ 自分　自己
- □ 国　國家；祖國
- □ 公園　公園
- □ 散歩　散步

請先閱讀下面的文章再回答問題。請從選項1・2・3・4當中選出一個最適當的答案。

昨天是星期天。從一大早就在下雨，所以陳同學一直到中午都在家裡看電視和看書。吃過中餐後，他邊聽音樂邊打掃房間。陳同學最愛美國的音樂。到了傍晚，友人林同學來找他玩。兩人一起到附近的超市買東西。接著兩人在陳同學家裡做晚餐並一起享用。他們做的是自己國家的料理。晚餐過後兩人在公園散步。

段落主旨

第一段	介紹陳同學從早到晚的行程。

Answer **2**

30　きのうの　午前（ごぜん）、陳（ちん）さんは　何（なに）を　しましたか。

1　音楽（おんがく）を　聴（き）きながら、部屋（へや）の　そうじを　しました。
2　テレビを　見（み）たり、本（ほん）を　読（よ）んだり　しました。
3　自分（じぶん）の　国（くに）の　料理（りょうり）を　つくりました。
4　スーパーへ　買（か）い物（もの）に　行（い）きました。

30　請問昨天上午陳同學做了什麼呢？

1　邊聽音樂邊打掃
2　看電視和看書
3　做家鄉菜
4　去超市買東西

Answer **1**

31　スーパーは　どこに　ありますか。

1　陳（ちん）さんの　家（いえ）の　近（ちか）く
2　アメリカの　近（ちか）く
3　林（りん）さんの　家（いえ）の　近（ちか）く
4　林（りん）さんの　国（くに）の　近（ちか）く

31　請問超市位於哪裡呢？

1　陳同學家附近
2　美國附近
3　林同學家附近
4　林同學祖國的附近

解題攻略

這一題問的是「きのうの午前」(昨天上午)，所以要注意時間點。

解題重點在「陳さんは、昼まで家でテレビを見たり、本を読んだりしました」(陳同學一直到中午都在家裡看電視和看書)。「～まで」意思是「在…之前」，表示時間或距離的範圍。「昼まで」(中午之前)和題目的「午前」(上午)意思相同。由此可知答案是選項2。

從文中「昼ごはんのあと、音楽を聴きながら、部屋のそうじをしました」(吃過中餐後，他邊聽音樂邊打掃房間)可知，選項1的時間是「昼ごはんのあと」(吃過中餐後)，推估是中午過後，所以選項1錯誤。

從「それから陳さんの家で晩ごはんを作って、いっしょに食べました」(接著兩人在陳同學家裡做晚餐並一起享用)可知選項3的時間是傍晚或晚上，所以也錯誤。

從「ゆうがた、友だちの林さんが遊びに来ました。二人はいっしょに近くのスーパーへ行って、買い物をしました」(到了傍晚，友人林同學來找他玩。兩人一起到附近的超市買東西)可知選項4的時間是「ゆうがた」(傍晚)，所以錯誤。

正確答案是2。

解題攻略

這一題問的是「どこ」(哪裡)，也就是詢問位置所在。

文章中提到「二人はいっしょに近くのスーパーへ行って、買い物をしました」(兩人一起到附近的超市買東西)，「近く」是指哪裡附近呢？答案就藏在上一句「ゆうがた、友だちの林さんが遊びに来ました」(到了傍晚，友人林同學來找他玩)。

解題關鍵在「来ました」，「来る」(來)表示來到某地。文中，林同學從其他地方來到某地。文章從一開始就在敘述「陳さん」(陳同學)，而陳同學白天一直都待在家，所以某地指的就是陳同學的家。正確答案是1。

文法と萬用句型

【動詞ます形】+ながら。表示同一主體同時進行兩個動作，此時後面的動作是主要的動作，前面的動作為伴隨的次要動作，也可使用於長時間狀態下，所同時進行的動作。

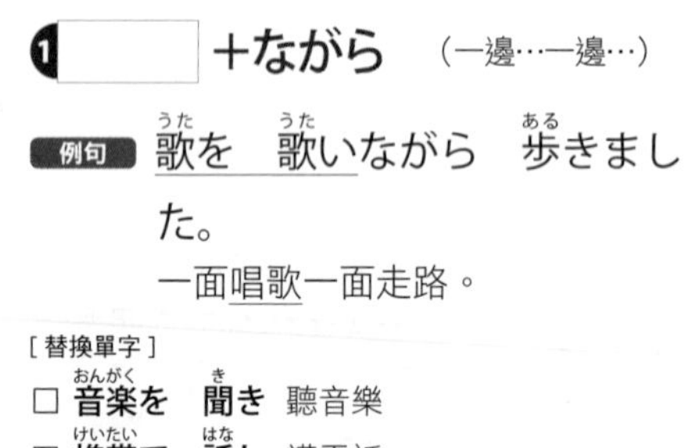

1 □ +ながら　（一邊…一邊…）

例句　歌(うた)を　歌(うた)いながら　歩(ある)きました。

一面唱歌一面走路。

［替換單字］

□ 音楽(おんがく)を　聞(き)き　聽音樂

□ 携帯(けいたい)で　話(はな)し　講電話

小知識大補帖

▸日本超市

到日本必逛的就是「スーパー」（超市）了！日本不像台灣有許多的傳統菜市場，因此日常煮三餐通常都是到超市購買食材。而超市的商品種類繁多，從冰品、飲料、水果、零食應有盡有，另外也有麵包和各種熟食。

到日本旅遊時，可以以划算的價格買到許多傳統零食和點心，找「お土産(みやげ)」（土產）也很方便哦！有些超市甚至販賣著一盤盤的生魚片，不但價格便宜，食品的安全衛生也有保障。

另外，許多超市到了晚上８、９點便會開始打折，當日的便當和生魚片等都能以划算的價格入手，如果剛好有機會想體驗看看日本人的生活，走一趟超市相信不會讓您失望的。

つぎの　ぶんを　読んで　しつもんに　こたえて　ください。こたえは　1・2・3・4から　いちばん　いい　ものを　一つ　えらんでください。

きのうの　夜　わたしは　仕事が　おわった　あと、友だちと　ごはんを　食べに　行きました。いろいろな　話を　しながら　おいしい　ものを　たくさん　食べました。とても　楽しかったです。でも、家に　帰って　から、おなかが　痛く　なりました。家に　あった　薬を　飲んで、寝ましたが、きょうの　あさも　まだ　痛かったです。朝は　何も　食べないで　家を　でました。でも　駅で　もっと　痛く　なりましたので、会社へ　電話を　して、「きょうは　会社を　休みます。」と　言いました。それから　病院へ　行って、もっと　いい　薬を　もらいました。今は　もう　おなかは　痛く　ありません。

30　きのうの　夜、「わたし」は　家に　帰って　から、何をしましたか。

1　友だちと　ごはんを　食べました。
2　友だちと　いろいろな　話を　しました。
3　おなかの　薬を　飲んで　寝ました。
4　病院へ　行きました。

31　きょう、「わたし」は　どうして　会社を　休みましたか。

1　朝ごはんを　食べませんでしたから。
2　友だちと　ごはんを　食べに　行きましたから。
3　駅で　おなかが　痛く　なりましたから。
4　きょうは　会社が　休みの　日でしたから。

つぎの ぶんを 読(よ)んで しつもんに こたえて ください。こたえは 1·2·3·4から いちばん いい ものを 一(ひと)つ えらんでください。

きのうの 夜(よる) わたしは 仕事(しごと)が おわった あと、友(とも)だちと ごはんを 食(た)べに 行(い)きました。いろいろな 話(はなし)を しながら おいしい ものを たくさん 食(た)べました。とても 楽(たの)しかったです。でも、**家(いえ)に 帰(かえ)って から、おなかが 痛(いた)く なりました。家(いえ)に あった 薬(くすり)を 飲(の)んで、寝(ね)ました**が、きょうの あさも まだ（文法詳見 P190） 痛(いた)かったです。朝(あさ)は 何(なに)も（文法詳見 P190） 食(た)べないで 家(いえ)を でました。でも **駅(えき)で もっと 痛(いた)く なりましたので、会社(かいしゃ)へ 電話(でんわ)を して、「きょうは 会社(かいしゃ)を休(やす)みます。」と 言(い)いました。**それから 病院(びょういん)へ 行(い)って、もっと いい 薬(くすり)を もらいました。今(いま)は もう（文法詳見 P190） おなかは 痛(いた)く ありません。

30題 關鍵句

31題 關鍵句

- □ 仕事(しごと) 工作
- □ いろいろ 各式各樣的
- □ 話(はなし) （說）話
- □ おいしい 美味的
- □ たくさん 很多
- □ とても 非常
- □ でも 但是
- □ 帰(かえ)る 回去
- □ おなか 肚子
- □ 痛(いた)い 疼痛
- □ 薬(くすり)を飲(の)む 吃藥
- □ 出(で)る 從…出來；離開
- □ もっと 更加
- □ 会社(かいしゃ) 公司
- □ 電話(でんわ) 電話
- □ 休(やす)む 休息；請假
- □ もらう 要…；拿…

請先閱讀下面的文章再回答問題。請從選項１・２・３・４當中選出一個最適當的答案。

昨天晚上下班後，我和朋友一起去吃飯。我們一邊聊了很多事情，一邊享用大餐。實在是非常愉快。不過我回到家以後，肚子就痛了起來。雖然吃了家裡的藥就去睡覺，但是今早起來肚子還在痛。我早餐什麼也沒吃就出門。不過等我到了車站，肚子變得更痛了，所以我打了通電話給公司說「今天我要請假」。接著我去了醫院，拿了更好的藥。現在肚子已經不痛了。

段落主旨

第一段	敘述昨天發生的事情。
第二段	描述今天及目前的狀況。

Answer **3**

30 きのうの　夜、「わたし」は　家に　帰って　から、何を　しましたか。

1 友だちと　ごはんを　食べました。
2 友だちと　いろいろな　話を　しました。
3 おなかの　薬を　飲んで　寝ました。
4 病院へ　行きました。

30 請問昨天晚上「我」回到家以後做了什麼事情呢？

1 和朋友一起吃飯
2 和朋友大聊特聊
3 吃了腸胃藥就去睡覺
4 去醫院

Answer **3**

31 きょう、「わたし」は　どうして　会社を　休みましたか。

1 朝ごはんを　食べませんでしたから。
2 友だちと　ごはんを　食べに　行きましたから。
3 駅で　おなかが　痛く　なりましたから。
4 きょうは　会社が　休みの　日でしたから。

31 請問今天「我」為什麼沒去上班呢？

1 因為沒吃早餐
2 因為和朋友去吃飯
3 因為在車站肚子變得很痛
4 因為今天公司放假

解題攻略

這一題問的是「家に帰ってから何をしましたか」(回到家以後做了什麼事情)。因此題目的重點是"回到家以後"做的事情。

文中提到「家に帰ってから、おなかが痛くなりました。家にあった薬を飲んで、寝ました」(我回到家以後，肚子就痛了起來。吃了家裡的藥就去睡覺)，所以正確答案是3。

「～てから」有強調動作先後順序的語意，表示先完成前項動作再做後項動作。

「～くなりました」前面接形容詞語幹，表示起了某種變化，在這裡是說肚子本來好好的，卻痛了起來。另外請注意，「吃藥」的日文是「薬を飲みます」，可不是「薬を食べます」喔！

解題攻略

這一題以「どうして」(為什麼)詢問理由原因。

答案在「でも駅でもっと痛くなりましたので、会社へ電話をして、『きょうは会社を休みます。』といいました」(不過等我到了車站，肚子變得更痛了，所以我打了通電話給公司說「今天我要請假」)。由此可知「わたし」(我)是因為到了車站後肚子更痛了，所以才打電話給公司請假，因此正確答案是3。

「ので」(因為)用來表示比較客觀、委婉的原因。遇到以「どうして」(為什麼)詢問原因的題目，就請留意文中有「ので」(因為)的句子。

「会社へ電話をして」(打電話給公司)也可以說成「会社に電話をして」(打電話給公司)，比起表示方向的「へ」，「に」的目標更為明確。

文章最後「今はもうおなかは痛くありません」(現在肚子已經不痛了)的「もう～ません」表示某種狀態結束，可以翻譯成「已經不…」。

文法と萬用句型

まだ＋【肯定表達方式】。表示同樣的狀態，從過去到現在一直持續著。

1 まだ＋□　（還…）

例句 お茶（ちゃ）は　まだ　熱（あつ）いです。

茶還很熱。

なにも＋【否定表達方式】。「も」上接「なに」等疑問詞，下接否定語，表示全面的否定。

2 なにも＋□　（什麼也（不）…）

例句 今日（きょう）は　何（なに）も　食（た）べませんでした。

今天什麼也沒吃。

もう＋【否定表達方式】。「否定」後接否定的表達方式，表示不能繼續某種狀態了。一般多用於感情方面達到相當程度。

3 もう＋否定　（已經不…了）

例句 もう　高山（たかやま）さんに　お金（かね）は　貸（か）しません。

再也不會借錢給高山先生了！

小知識大補帖

▶關於看醫生

在日本看病流程，跟台灣差不多。「先在櫃臺繳交健保卡，領掛號證→初診的人要填寫初診單→就診後到櫃臺結帳領處方箋→拿處方箋到附近藥局，自行購買藥物」。

綜合性大醫院通常有附設藥局可以拿藥，但是一般小醫院或小診所就沒有了。所以醫生會開一張處方箋，患者要拿著處方箋到附近的藥局去拿藥，並且另外支付藥費。

看病時，有健保醫療費大約是 1,500 日圓～ 2,500 日圓（不含藥費）；沒有健保大約是 5,000 日圓～ 8,500 日圓。初診費用通常會比較高，第二次的費用通常就會降下來。但也由於在日本看醫生的花費較高，若情況不是很嚴重，通常會建議到藥局買個感冒藥應急，再觀察是否要就醫。

▶ 各種症狀的說法

如果在日本生病了，該怎麼用日語跟醫生說自己的症狀呢？如果感冒了可以說「風邪を引きました」、「咳が出ます」（會咳嗽）、「気持ちが悪いです」（不舒服），拉肚子是「下痢をしています」，發燒是「熱があります」，如果感覺全身無力就說「だるいです」。出國前先記下這些常見的病症，有備無患！

MEMO

もんだい5 Reading

つぎの ぶんしょうを 読んで しつもんに こたえて ください。こたえは、1・2・3・4から いちばん いい ものを 一つ えらんで ください。

きょうは いい 天気でしたので、わたしは 友だちと いっしょに 「海の 公園」へ 行きました。 10時に、友だちと 駅で あって、電車に 乗りました。3つ めの 駅で おりて、また バスに 乗りました。11時に、「海の 公園」に 着きました。わたしたちは 公園の いりぐちで じてんしゃを 借りて、公園の なかを 30分ぐらい はしりました。たくさん はしって おなかが すきましたので、お弁当を 食べました。それから、公園の なかを 散歩しました。わたしが いえに 帰って きたとき、もう ゆうがた 5時すぎでした。とても 疲れましたが、おもしろかったです。また 行きたいです。

30 「海の　公園」まで　どう　やって　行きましたか。

1　電車に　乗って、自転車に　乗って、それから　バス　で　行きました。

2　電車に　乗って、それから　バスに　乗って　行きました。

3　電車に　乗って、自転車に　乗って、それから　歩きました。

4　電車に　乗って、バスに　乗って、それから　自転車で　行きました。

31 何時　ごろ　昼ごはんを　食べましたか。

1　10時半　ごろ

2　11時　ごろ

3　11時半　ごろ

4　12時半　ごろ

つぎの ぶんしょうを 読んで しつもんに こたえて ください。こたえは、1・2・3・4 から いちばん いい ものを 一つ えらんで ください。

きょうは いい 天気でしたので、わたしは 友だちと いっしょに 「海の 公園」へ 行きました。10時に、友だちと 駅で あって、**電車に 乗りました。3つ めの 駅で おりて、また バスに 乗りました。11時に、「海の 公園」に 着きました。** わたしたちは 公園の いりぐちで じてんしゃを 借りて、**公園の なかを 30分ぐらい はしりました。** たくさん はしって おなかが すきましたので、**お弁当を 食べました。** それから、公園の なかを 散歩しました。わたしが いえに 帰って きたとき、もう ゆうがた 5時すぎでした。とても 疲れましたが、おもしろかったです。また 行きたいです。

文法詳見 P198（と）　文法詳見 P198（に）　文法詳見 P198（に）　文法詳見 P198（すぎ）

30 題關鍵句　31 題關鍵句　31 題關鍵句

- □ いい 好的
- □ 天気 天氣
- □ 海 海
- □ 会う 碰面
- □ 電車 電車
- □ 乗る 乘坐
- □ ～目 第…個
- □ 降りる 下（車）
- □ また 又
- □ 着く 到達
- □ 入り口 入口
- □ 自転車 腳踏車
- □ 借りる 借（入）
- □ ぐらい 大約
- □ 走る 跑；行駛
- □ おなかがすく 肚子餓
- □ お弁当 便當

請先閱讀下面的文章再回答問題。請從選項1・2・3・4當中選出一個最適當的答案。

今天天氣很好，所以我和朋友一起去了「海濱公園」。我和朋友 10 點在車站碰面，然後搭電車。我們在第 3 站下車，轉搭公車。在 11 點的時候抵達「海濱公園」。我們在公園入口租借腳踏車，並在公園裡面差不多騎了 30 分鐘。騎了很久，肚子很餓，所以吃了便當。接著我們在公園散步。我回到家的時候已經是傍晚 5 點過後。雖然精疲力盡，不過玩得很開心。下次我還想再去。

段落主旨

第一段	介紹一整天的行程和作者心得。

Answer 2

30 「海の　公園」まで　どうやって　行きましたか。

1 電車に　乗って、自転車に乗って、それから　バスで　行きました。
2 電車に　乗って、それからバスに　乗って　行きました。
3 電車に　乗って、自転車に乗って、それから　歩きました。
4 電車に　乗って、バスに乗って、それから　自転車で　行きました。

30 請問他們是怎麼去「海濱公園」的呢？

1 先搭電車，接著騎腳踏車，再搭公車前往
2 先搭電車，接著轉搭公車前往
3 先搭電車，接著騎腳踏車，然後用走的前往
4 先搭電車，接著轉搭公車，然後騎腳踏車前往

Answer 3

31 何時　ごろ　昼ごはんを食べましたか。

1 10時半　ごろ
2 11時　ごろ
3 11時半　ごろ
4 12時半　ごろ

31 請問他們大約幾點吃中餐呢？

1 10 點半左右
2 11 點左右
3 11 點半左右
4 12 點半左右

解題攻略

這一題問的是去海濱公園的方式。

文中第二句提到「電車に乗りました…またバスに乗りました…」(搭電車…轉搭公車…)，由此可知交通方式是「電車→バス」(電車→公車)。因此正確答案是2。

「また」是「又…」的意思。

解題攻略

題目中的「何時ごろ」問的是大概的時間，所以要特別留意時間點。

解題關鍵在「11時に…公園のなかを30分ぐらいはしりました…お弁当を食べました」(在11點的時候…並在公園裡面差不多騎了30分鐘…吃了便當)，由此可知吃便當的時間是11點半左右，由此可知正確答案是3。

「ぐらい」表示大概的數量、時間。

「それから」(接著…)用於「前面一個動作結束後接著做下一個動作」是表示事情先後順序的接續助詞。

若要表達「在某個地方散步」，會用「～を散歩します」而不是「～で散歩します」。因為「を」有在某一個範圍內移動的語感，「で」則是在某個定點做某件事。

文法と萬用句型

【名詞】＋と。「と」前接一起去做某事的對象時，常跟「いっしょに」一同使用。後面也會接一個人不能完成的動作，如結婚、吵架、或偶然在哪裡碰面等等。

1 ＿＿＿＋と　（跟…一起）

例句　日曜日(にちようび)は　母(はは)と　出(で)かけました。

星期天和媽媽出門了。

【時間詞】＋に。寒暑假、幾點、星期幾、幾月幾號做什麼事等。表示動作、作用的時間就用「に」。

2 ＿＿＿＋に　（在…）

例句　金曜日(きんようび)に　友達(ともだち)と　会(あ)います。

將於星期五和朋友見面。

【名詞】＋に。表示動作移動的到達點。

3 ＿＿＿＋に　（到…、在…）

例句　ここで　タクシーに　乗(の)ります。

在這裡搭計程車。

【時間名詞】＋すぎ。接尾詞「すぎ」，接在表示時間名詞後面，表示比那時間稍後。

4 ＿＿＿＋すぎ　（過…）

例句　10時(じゅうじ)　過(す)ぎに　バスが　来(き)ました。

過了10點後，公車來了。（10點多時公車來了）

［替換單字］

- □ 8時(はちじ)　8點
- □ 30分(さんじゅっぷん)　30分
- □ 午後(ごご)　下午

小知識大補帖

▶ 關於搭公車

搭乘日本的公車會發現搭乘起來十分平穩舒適，為了維護乘客安全，司機會不斷叮嚀，現在要轉彎了！請抓住握把！請不要在公車移動時走動或更換坐位！等等。下車時公車會向車門的方向微微傾斜，減少高低差，讓乘客可以安全上下車。

另外，在台灣搭車時人們習慣在到站前先走到車門口等待，而日本為了安全，大家都會等到公車完全停止，再離席下車，將這一點記下來，改天到日本搭車就不必慌慌張張的了。

▶ 搭公車的禮儀

上公車時如果是走前門，不妨跟司機先生說一聲「お願いします／麻煩您了」，下車時，也別忘了說聲「ありがとうございます／謝謝您」。一時想不起來也沒關係，就說聲「Thank you」來表示感謝吧！

MEMO

＊{ } 內也可自行帶入其他詞彙喔！

常用的表達關鍵句

01 表示並列

→ {牛肉} も {おいしい} し、{スープ} も {いい} ／{ 牛肉 } 不僅 { 肉質軟嫩 }，{ 湯頭 } 也 { 是鮮美清甜 }。

→ {パーティーでは、飲ん} だり {歌っ} たりしました／ { 宴會上大家 } 又是 { 飲酒作樂 }，又是 { 高歌狂歡 }。

→ {病気で体温が上がっ} たり {下がっ} たりしています／ { 因為生病而體溫 } 忽 { 高 } 忽 { 低 } 的。

02 表示習慣

→ {私は、公園を毎日散歩} しています／{ 我每天 } 都{ 會到公園散步 }。

03 表示感覺

→ {明るい色} をしています／呈現著 { 明亮的色澤 }。

→ {このお菓子は紅茶の味} がします／ { 這款糕點 } 是 { 紅茶 } 味的。

04 表示時間

→ {ビールを飲み} ながら {野球を見ます} ／一邊{ 喝著啤酒 } 一邊{ 看棒球 }。

→ {トイレに入り} ながら {新聞を読みます} ／一邊{ 上廁所 } 一邊{ 看報紙 }。

→ {生まれた} とき {身長はいくらでしたか} ／{ 你出生 } 時 { 的身高是多少呢？ }

→ {休みの} とき、{よくデパートに行きます} ／{ 休假的 } 時候，{ 我經常去逛百貨公司 }。

關鍵字記單字

▸關鍵字	▸▸▸單字	
休む（やす） 休息	□ 夏休み（なつやす）	暑假
	□ 暇（ひま）	休假，假
	□ 休み（やす）	休息；休假
	□ 休む（やす）	休息；中止工作、動作等，使身心得到放鬆
	□ ゆっくり	舒適，安静，安適

鳴る（な） 鳴、響	□ 言う（い）	□ 作響；發響聲
	□ 音楽（おんがく）	□ 音樂
	□ ギター【guitar】	□ 吉他
	□ 弾く（ひ）	□ 彈奏
	□ 吹く（ふ）	□（氣）吹

知る（し） 知曉	□ 習う（なら）	學習；練習
	□ ノート【notebook 之略】	筆記本，本子
	□ 広い（ひろ）	廣泛
	□ 勉強（べんきょう）	用功學習，用功讀書；學習知識，積累經驗
	□ 本（ほん）	書；書本，書籍
	□ 読む（よ）	看，閱讀
	□ 読む（よ）	體察，忖度，揣摩，理解，看懂
	□ 練習（れんしゅう）	練習，反覆學習
	□ 忘れる（わす）	忘掉；忘卻；忘懷

もんだい5　Reading

つぎの　ぶんしょうを　読んで、しつもんに　こたえて　ください。こたえは、1・2・3・4から　いちばん　いい　ものを　一つ　えらんで　ください。

わたしは　けさ　6時に　起きました。ゆうべ　おそくまで　仕事を　したので、起きた　とき　まだ　とても　眠かったです。ですから、朝ごはんを　食べる　まえに　シャワーを　あびました。つめたい　シャワーを　あびて、すこし　元気に　なりました。シャワーを　あびた　あと、新聞を　読みながら、朝ごはんを　食べました。それから　ラジオの　ニュースを　聞きながら、出かける　準備を　しました。7時半に　家を　出ました。いつもは　自転車で　駅に　行きますが、きょうは　雨が　降って　いましたので、歩いて　行きました。駅には　いつもより　人が　おおぜい　いました。電車にも　人が　たくさん　乗って　いました。とても　大変でした。

30 「わたし」は　きょう、朝ごはんを　食べながら、何を　しましたか。

1　シャワーを　あびました。
2　テレビを　見ました。
3　新聞を　読みました。
4　ラジオを　聞きました。

31 「わたし」は　きょう、何で　駅へ　行きましたか。

1　電車で　行きました。
2　自転車で　行きました。
3　車で　行きました。
4　歩いて　行きました。

もんだい5　Reading

つぎの　ぶんしょうを　読んで、しつもんに　こたえて　ください。こたえは、1・2・3・4から　いちばん　いい　ものを　一つ　えらんで　ください。

わたしは　けさ　6時に　起きました。ゆうべ　おそくまで　仕事を　したので、起きた　とき　まだ　とても　眠かったです。ですから、朝ごはんを　食べる　まえに　シャワーを　あびました。つめたい　シャワーを　あびて、すこし　元気に　なりました。シャワーを　あびた　あと、**新聞を　読みながら、朝ごはんを　食べました。**それから　ラジオの　ニュースを　聞きながら、出かける　準備を　しました。7時半に　家を　出ました。**いつもは　自転車で　駅に　行きますが、きょうは　雨が　降って　いましたので、歩いて　行きました。**駅には　いつもより　人が　おおぜい　いました。電車にも　人が　たくさん　乗って　いました。とても　大変でした。

まえに └文法詳見 P208
になりました └文法詳見 P208
ながら 文法詳見 P208┘

30題 關鍵句

31題 關鍵句

- □ 今朝　今天早上
- □ 起きる　起床
- □ 昨夜　昨晚
- □ 眠い　想睡覺；睏的
- □ シャワーを浴びる　淋浴；洗澡
- □ 準備　準備
- □ 歩く　走路
- □ いつも　平時
- □ 大勢　大批（人群）

請先閱讀下面的文章再回答問題。請從選項１・２・３・４當中選出一個最適當的答案。

我今天早上６點起床。昨天工作到很晚，所以起床的時候還很睏，於是我在吃早餐前先去沖個澡。洗冷水澡讓我稍微有點精神。沖過澡後我邊看報紙邊吃早餐。接著我邊聽收音機播報的新聞邊準備出門。我在７點半的時候出門。平常都是騎腳踏車去車站，不過今天下雨，所以我用走的去。車站的人比平常還要多。電車上也是人擠人，真是累死我了。

段落主旨

第一段	描述作者起床到上班的過程。

Answer 3

30 「わたし」は　きょう、朝ごはんを　食べながら、何を　しましたか。

1 シャワーを　あびました。
2 テレビを　見ました。
3 新聞を　読みました。
4 ラジオを　聞きました。

30 請問「我」今天邊吃早餐邊做什麼呢？

1 沖澡
2 看電視
3 看報紙
4 聽收音機

Answer 4

31 「わたし」は　きょう、何で　駅へ　行きましたか。

1 電車で　行きました。
2 自転車で　行きました。
3 車で　行きました。
4 歩いて　行きました。

31 請問「我」今天是怎麼去車站的呢？

1 搭電車去
2 騎腳踏車去
3 開車去
4 走路過去

解題攻略

這一題問的是「朝ごはんを食べながら、何をしましたか」(邊吃早餐邊做什麼)。

答案在「新聞を読みながら、朝ごはんを食べました」(邊看報紙邊吃早餐),正確答案是3。

解題攻略

這一題問題關鍵在「何(なに)で」,這個「で」表示手段方法,意思是說用什麼方式前往車站,問的是交通工具。如果是「何(なん)で」則表示詢問原因。

解題重點在「いつもは自転車で駅に行きますが、きょうは雨が降っていましたので、歩いて行きました」(平常都是騎腳踏車去車站,不過今天下雨,所以我用走的去),由此可知今天「わたし」(我)去車站的方式是徒步,所以正確答案是4。

句型「Aは～が、Bは～」(A是...,而B卻是...)用於呈現A和B對比。「駅へ行きます」和「駅に行きます」意思相近,都翻譯成「去車站」,只是「へ」強調往車站的方向前進,「に」則是明確地指出去車站這個地方。

「駅にはいつもより人がおおぜいいました」(車站的人比平常還要多)的「より」用來表示比較的基準。

「乗っていました」是用「～ていました」來描述作者所看到的景象。

文法と萬用句型

【動詞辭書形】＋まえに。表示動作的順序，也就是做前項動作之前，先做後項的動作。

3 ＿＿＋まえに （…之前，先…）

例句 私（わたし）は　いつも、働（はたら）く　まえに　水（みず）を　飲（の）む。

我都是工作前喝水。

［替換單字］

- □ 寝（ね）る 睡覺
- □ 勉強（べんきょう）する 念書
- □ 出（で）かける 出門
- □ 学校（がっこう）へ　行（い）く 去學校

【形容動詞詞幹】＋に＋なります。表示事物的變化。「なります」的變化不是人為有意圖性的，是在無意識中物體本身產生的自然變化。而即使變化是人為造成的，如果重點不在「誰改變的」，也可用此文法。形容動詞後面接「なります」，要把語尾的「だ」變成「に」。

1 ＿＿＋に＋なります （變成…）

例句 彼女（かのじょ）は　最近（さいきん）　きれいに　なりました。

她最近變漂亮了。

［替換單字］

- □ 元気（げんき） 精神
- □ 立派（りっぱ） 出色
- □ 有名（ゆうめい） 出名
- □ 上手（じょうず） 高明

【動詞ます形】＋ながら。表示同一主體同時進行兩個動作，此時後面的動作是主要的動作，前面的動作為伴隨的次要動作，也可使用於長時間狀態下，所同時進行的動作。

2 ＿＿＋ながら （一邊…一邊…）

例句 音楽（おんがく）を　聞（き）きながら　ご飯（はん）を　作（つく）りました。

一面聽音樂一面做飯。

小知識大補帖

▶ 關於泡湯跟淋浴

請注意「シャワーを浴(あ)びる」指的是淋浴，和「お風呂(ふろ)に入(はい)る」（泡澡）可是不同的哦！另外，泡溫泉因為和泡澡一樣有“進入”浴池的動作，所以是「温泉(おんせん)に入(はい)る」。

另外，在日本泡湯時，基本上不能穿著泳衣或攜帶毛巾下水，所有的貴重物品、衣物包含水壺都要放在更衣室的置物櫃中，因此泡湯前務必要先補充水分，並只攜帶擦拭用的毛巾進入，以便泡完湯後能將身體擦乾再出來更衣室。而身上有大面積的刺青或是不敢泡裸湯的人，恐怕就只能利用飯店與民宿內的浴室泡澡了。

MEMO

もんだい5　Reading

つぎの　ぶんしょうを　読んで、しつもんに　こたえて　ください。こたえは、1・2・3・4から　いちばん　いい　ものを　一つ　えらんで　ください。

きょうの　朝　起きた　とき、頭が　痛かったので、病院に　行きました。

医者は　「熱が　ありますね。かぜですね。薬を　あげますから、きょうから　3日間　飲んで　ください。」と　言いました。

わたしは　「一日に　何回　飲みますか」と　聞きました。医者は　「朝ごはんと　晩ごはんの　あとに　赤い　薬と　青い　薬を　一つずつ　飲んで　ください。昼ごはんのあとは　赤い　薬　一つだけです。青い　薬は　飲まないで　ください。それから、寝る　まえにも　赤い　薬を　一つ　飲んで　ください。」と　言いました。

わたしは　「わかりました。ありがとうございます。」と　言って、薬を　もらって　家に　帰りました。

30 一日に　何回　薬を　飲みますか。

1　1回
2　2回
3　3回
4　4回

31 昼ごはんの　あとは、どの　薬を　飲みますか。

1　赤い　薬を　一つ
2　赤い　薬と　青い　薬を　一つずつ
3　青い　薬を　一つ
4　飲みません

もんだい5 Reading

つぎの ぶんしょうを 読んで、しつもんに こたえて ください。こたえは、1·2·3·4 から いちばん いい ものを 一つ えらんで ください。

きょうの 朝 起きた とき、頭が 痛かったので、病院に 行きました。

文法詳見 P216

医者は 「熱が ありますね。かぜですね。薬を あげますから、きょうから 3日間 飲んで ください。」と 言いました。

わたしは 「一日に 何回 飲みますか」と 聞きました。医者は 「**朝ごはんと 晩ごはんの あとに 赤い 薬と 青い 薬を 一つずつ 飲んで ください。昼ごはんのあとは 赤い 薬 一つだけです。青い 薬は 飲まないで ください。それから、寝る まえにも 赤い 薬を 一つ 飲んで ください。**」と 言いました。

關鍵句

文法詳見 P216

文法詳見 P216

わたしは 「わかりました。ありがとうございます。」と言って、薬を もらって 家に 帰りました。

- ☐ 起きる 起床
- ☐ 頭 頭
- ☐ 病院 醫院
- ☐ 行く 前往
- ☐ 熱 發燒
- ☐ 薬 藥
- ☐ 飲む 喝，吃（藥）
- ☐ 赤い 紅色的
- ☐ 青い 藍色的
- ☐ 寝る 睡覺

請先閱讀下面的文章再回答問題。請從選項１・２・３・４當中選出一個最適當的答案。

今天早上起床的時候頭很痛，所以我去了醫院。

醫生說：「你發燒了，是感冒吧。我開藥給你，請從今天開始連續服用 3 天。」

我問醫生：「一天要吃幾次藥呢？」

醫生表示：「早餐和晚餐過後請吃紅色和藍色的藥各一顆。吃過中餐吃一顆紅色的藥就好，請不要吃藍色的藥。還有，睡前也請吃一顆紅色的藥。」

我回答：「我知道了，謝謝」，便領藥回家。

段落主旨

第一段	描述早上的症狀。
第二段	描述醫生的診斷。
第三段	作者與醫生的問答。
第四段	作者向醫生表達感謝後回家。

Answer **4**

30 一日(いちにち)に　何回(なんかい)　薬(くすり)を　飲(の)みますか。

1　1回(かい)
2　2回(かい)
3　3回(かい)
4　4回(かい)

30 請問一天要吃幾次藥呢？

1　1次
2　2次
3　3次
4　4次

Answer **1**

31 昼(ひる)ごはんの　あとは、どの　薬(くすり)を　飲(の)みますか。

1　赤(あか)い　薬(くすり)を　一(ひと)つ
2　赤(あか)い　薬(くすり)と　青(あお)い　薬(くすり)を　一(ひと)つずつ
3　青(あお)い　薬(くすり)を　一(ひと)つ
4　飲(の)みません

31 請問中餐過後要吃什麼藥呢？

1　一顆紅色的藥
2　紅色和藍色的藥各一顆
3　一顆藍色的藥
4　不用吃

解題攻略

文中醫生說「朝ごはんと晩ごはんのあとに赤い薬と青い薬を一つずつ飲んでください」(早餐和晚餐過後請吃紅色和藍色的藥各一顆)、「昼ごはんのあとは赤い薬一つだけです。青い薬は飲まないでください」(吃過中餐吃一顆紅色的藥就好。請不要吃藍色的藥)、「寝るまえにも赤い薬を一つ飲んでください」(睡前也請吃一顆紅色的藥),從這些指示知道吃藥的時間點分別是「朝ごはんと晩ごはんのあと」(早餐和晚餐過後)、「昼ごはんのあと」(中餐過後)、「寝るまえに」(睡前),所以一天共要吃4次藥。

正確答案是４。

這一題問題關鍵在「一日に何回」(一天幾次),「時間表現＋に＋次數」表示頻率。

解題重點在醫生的回答,請留意醫生用句型「～てください」對病患下指示的部分。

解題攻略

本題同樣要從醫生的指示裡面找出答案。

題目問「昼ごはんのあと」(吃過中餐後),文章裡面提到這個時間點的地方在「昼ごはんのあとは赤い薬一つだけです。青い薬は飲まないでください」(吃過中餐吃一顆紅色的藥就好。請不要吃藍色的藥)。所以正確答案是１。

「～だけ」(只…)表示範圍的限定,也就是說中餐過後只要吃一顆紅色的藥就好。

句型「～ないでください」要求對方不要做某件事情。

「薬をもらって家に帰りました」(領藥回家)的「もらう」(拿…)呼應醫生說的「薬をあげますから」(我開藥給你)的「あげる」(給…)。「もらう」有「向某人要某個東西」的語感。

文法と萬用句型

【名詞（の）；形容動詞（な）；［形容詞・動詞］普通形；動詞過去形；動詞現在形】＋とき。表示與此同時並行發生其他的事情。

1 ＋とき　（…的時候…）

例句　暇なとき、公園へ　散歩に　行きます。
有空時會去公園散步。

【數量詞】＋ずつ。接在數量詞後面，表示平均分配的數量。

2 ＋ずつ　（每、各）

例句　一人ずつ　話して　ください。
請每個人輪流說話。

【名詞（＋助詞＋）】＋だけ；【名詞；形容動詞詞幹な】＋だけ；【形容詞・動詞普通形】＋だけ。表示只限於某範圍，除此以外沒有別的了。用在限定數量、程度，也用在人物、物品、事情等。

3 ＋だけ　（只、僅僅）

例句　あの　人は、顔が　きれいなだけです。
那個人的優點就只有長得漂亮。

小知識大補帖

▶日本人生病的處理方式

日本人生病時，如果病情較輕，會到藥局或藥妝店買藥吃。感冒等小病一般都到附近不需要預約的小診所。如果病情嚴重，小診所的醫生會介紹患者到醫療條件和設備較好的大醫院就診。大醫院幾乎都需要介紹和預約，等待時間也較長。

除了藥局買藥之外，日本人生病時的飲食習慣也相當特別，感冒生病時不只會吃清淡的粥品，他們還會吃冰淇淋、果凍、布丁等冰涼的食物，認為可以鎮定發炎，並降溫。從台灣人的角度去看，可說是相當大的飲食文化差異。

▶ 關於外國人在日本就醫

到日本旅遊的外國人如果沒有健康保險，在日本就醫恐怕要負擔高額的費用，因此出國前建議加入海外旅遊險，並事先確認好保險有無指定的醫院，遇到緊急狀況也許可以由保險來負擔。

此外，不巧碰到身體不舒服需要急救的情況，與台灣一樣可以撥打 119 請消防局；而碰到交通事故或是竊盜則要撥打 110。不論何者可能都需要告知所在位置，如果不清楚時則可報上電線桿或號誌上的標示等。

MEMO

もんだい5　Reading

つぎの　ぶんしょうを　読んで、しつもんに　こたえて　ください。こたえは、1・2・3・4から　いちばん　いい　ものを　一つ　えらんで　ください。

田中さん

　お元気ですか。東京は　寒いですか。今年の　台北は　いつもの　年より　寒いです。朝と　夜は　とくに　寒いので、コートが　いります。

　来月　日本語の　テストが　ありますから、毎日日本語の　CDを　聴いて、勉強して　います。難しいですが、日本語が　好きなので、楽しいです。

　でも、あした　学校で　英語の　テストが　ありますから、きょうは　テストの　準備だけ　しました。

　もう　すぐ　クリスマスですね。日本の　人は　クリスマスに　何を　しますか。台湾では、高くて　おいしい　レストランに　食事に　行く　人も　いますが、わたしは　どこへも　行きません。

　田中さんは　いそがしいですか。時間が　ある　とき、メールを　くださいね。

陳

30 陳さんは　いつ　この　メールを　書きましたか。

1　なつ

2　ふゆ

3　はる

4　あき

31 陳さんは　きょう　何を　しましたか。

1　レストランに　食事に　行きました。

2　日本語の　勉強を　しました。

3　英語の　勉強を　しました。

4　何も　しませんでした。

もんだい5　Reading

つぎの　ぶんしょうを　読んで、しつもんに　こたえて　ください。こたえは、1・2・3・4から　いちばん　いい　ものを　一つ　えらんで　ください。

田中さん

お元気ですか。東京は　寒いですか。今年の　台北は　いつもの　年より　寒いです。朝と　夜は　とくに　寒いので、コートが　いります。

来月　日本語の　テストが　ありますから、毎日　日本語のCDを　聴いて、勉強して　います。難しいですが、日本語が好きなので、楽しいです。

でも、**あした　学校で　英語の　テストが　ありますから、きょうは　テストの　準備だけ　しました。** 31題 關鍵句

もう　すぐ　クリスマスですね。 日本の　人は　クリスマスに　何を　しますか。台湾では、高くて　おいしい　レストランに　食事に　行く　人も　いますが、わたしは　どこへも行きません。 30題 關鍵句

田中さんは　いそがしいですか。時間が　ある　とき、メールを　くださいね。

陳

文法詳見 P224
文法詳見 P224

- □ もうすぐ　快要…
- □ クリスマス　聖誕節
- □ 高い　價位高的
- □ 食事　用餐
- □ 忙しい　忙碌的
- □ お元気ですか　你好嗎
- □ 特に　特別地
- □ コート　大衣
- □ 来月　下個月
- □ 日本語　日語
- □ 聴く　聽（CD）
- □ 英語　英文
- □ 難しい　困難的
- □ 好き　喜歡

請先閱讀下面的文章再回答問題。請從選項１・２・３・４當中選出一個最適當的答案。

田中同學

近來可好？東京現在很冷嗎？今年台北比以往都還要冷。特別是早上和晚上很冷，大衣都派上用場了。

下個月我有日語考試，所以我每天都聽日語 CD 來學習。雖然很難，但是我很喜歡日語，所以很樂在其中。

不過明天學校要考英文，所以我今天都在準備這個考試。

聖誕節馬上就要到了呢，日本人都在聖誕節做些什麼呢？在台灣，有人會去高價位的美味餐廳吃飯，不過我倒是哪裡也不去。

田中同學你忙嗎？有空的話請寫封信給我喔！

陳

□ 準備（じゅんび）　準備

段落主旨

第一段	簡單的問候對方。
第二段	描述自己的近況。
第三段	講述作者今天的情形。
第四段	關於聖誕節的分享。
第五段	結尾。

Answer 2

30 陳(ちん)さんは　いつ　この　メールを　書(か)きましたか。

1 なつ
2 ふゆ
3 はる
4 あき

30 請問陳同學是在什麼時候寫這封電子郵件的呢？

1 夏天
2 冬天
3 春天
4 秋天

Answer 3

31 陳(ちん)さんは　きょう　何(なに)を　しましたか。

1 レストランに　食事(しょくじ)に　行(い)きました。
2 日本語(にほんご)の　勉強(べんきょう)を　しました。
3 英語(えいご)の　勉強(べんきょう)を　しました。
4 何(なに)も　しませんでした。

31 請問陳同學今天做了什麼事情呢？

1 去餐廳吃飯
2 唸日語
3 唸英文
4 什麼也沒做

解題攻略

這一題問題重點在「いつ」(什麼時候)，從選項可以發現問的是季節。

解題關鍵在「もうすぐクリスマスですね」(聖誕節馬上就要到了呢)。「もうすぐ」是「不久…」的意思，聖誕節在12月25日，可以推斷陳同學寫這封信是在12月，也就是冬天，正確答案是2。

「台湾では、高くておいしいレストランに食事に行く人もいますが、わたしはどこへも行きません」(在台灣，有人會去高價位的美味餐廳吃飯，不過我倒是哪裡也不去)，這句話用了對比句型「Aは～が、Bは～」，表示陳同學不像某些台灣人一樣，聖誕節會去餐廳吃飯，他哪裡也不去。「どこへも」(哪裡也…)是表示場所的「どこへ」+「も」的用法，後面一定要接否定句，表示全面否定。

「時間があるとき、メールをくださいね」(有空的話請寫封信給我喔)，「～をください」用於向對方提出要求，後面加上「ね」可以緩和語氣。

解題攻略

這一題問的是「きょう」(今天)，要注意行為發生的時間點。

陷阱在「毎日日本語のCDを聴いて、勉強しています」(所以我每天都聽日語CD來學習)，但請注意下一段開頭表示逆接的「でも」(不過)。

下一段開頭提到「でも、あした学校で英語のテストがありますから、きょうはテストの準備だけしました」(不過明天學校要考英文，所以我今天都在準備這個考試)。雖然沒有明確地指出是哪場考試，不過前一句用到表示因果關係的「～から」(因為…)，所以判斷這一句和前面提到的英文考試有關，由此可知「テストの準備」是指「英語のテストの準備」。所以正確答案是3。

「～ています」表示習慣、常態性的動作。

「だけ」(只…)表示限定。

文法と萬用句型

【名詞】＋が。「が」前接對象，表示好惡、需要及想要得到的對象，還有能夠做的事情、明白瞭解的事物，以及擁有的物品。

1 ＋が　（表對象；表主語）

例句　私（わたし）は　あなたが　好（す）きです。
我喜歡你。

【名詞；形容動詞詞幹な；[形容詞・動詞]普通形】＋だけ。表示只限於某範圍，除此以外沒有別的了。

2 ＋だけ　（只、僅僅）

例句　お金（かね）は　ちょっとだけ　貸（か）します。
只借一點錢。

[替換單字]

- □ **ある** 有的
- □ **できる** 可以的（能力範圍內）
- □ **あなた** 你

＊{ } 內也可自行帶入其他詞彙喔！

常用的表達關鍵句

01 表示時間

- {夏休みの} 間に {私は多くの人と会いました} ／{ 暑假 } 期間，{ 我和許多人碰面 }。
- {この薬は食事の} 前に {飲みます} ／{ 這種藥請於用餐 } 前{ 服用 }。
- {日本へ来る} 前に {空港で写真を撮った} ／{ 前往日本 } 之前，{ 我在機場拍了照 }。
- {食事の} 後で {お茶を飲みませんか} ／{ 飯 } 後{ 要不要喝杯茶呢？ }
- {車が止まっ} てから {下りる} ／ { 待車子停妥 } 後 { 再下車 }。
- {夜、歯を磨い} てから {寝ます} ／ { 晚上刷完牙 } 以後 { 才睡覺 }。

02 表示因果關係

- {妹が宿題を聞きにきた} ので {教えてやりました} ／因為 { 妹妹問我功課，我便教她 }。
- {雨} なので、{行きたくないです} ／因為 { 下雨，所以不想去 }。
- {もう遅い} から、{家へ帰ります} ／因為{ 已經很晚了，我要回家了 }。
- {台風} のため（に）{強い雨が降っています} ／由於 { 颱風來襲，目前正下著滂沱大雨 }。
- {車が走れる道が} なくて {歩いて来ました} ／由於{ 汽車 } 沒有{ 道路可以行駛 }，於是便 { 徒步前來了 }。
- {バスが来} なくて {学校に遅れました} ／由於{ 巴士一直 } 沒{ 來 }，結果 { 上學遲到了 }。

關鍵字記單字

▸關鍵字	▸▸▸單字	
一日（いちにち） 一天	□ 明後日（あさって）	□ 後天
	□ 明日（あした）	□ 明天
	□ 一日（いちにち）	□ 終日，一整天
	□ 今（いま）	□ 現在，當前，目前，此刻
	□ 今日（きょう）	□ 今天，今日，本日
	□ 午後（ごご）	□ 午後，下午，下半天，後半天
	□ 午前（ごぜん）	□ 上午，中午前
	□ 今晩（こんばん）	□ 今宵，今晚，今天晚上，今夜
	□ 晩（ばん）	□ 晚，晚上；傍晚，日暮，黃昏
	□ 昼（ひる）	□ 白天，白晝；中午，正午
	□ 夕方（ゆうがた）	□ 傍晚，黃昏
	□ 夕べ（ゆう）	□ 昨晚，昨夜
	□ 夕べ（ゆう）	□ 傍晚
	□ 夜（よる）	□ 夜，夜間

直す（なお） 修復	□ 醫者（いしゃ）	□ 醫生，大夫
	□ 薬（くすり）	□ 藥，藥品
	□ 病院（びょういん）	□ 醫院；病院

聞く（き） 聆聽	□ 高い（たか）	□ 聲音高、大
	□ 聞く（き）	□ 聽；聽到
	□ 声（こえ）	□ 聲，聲音；語聲，嗓音；聲音，聲響

▸就診

医者に　行きたいです。
想去看醫生。

病院は　どこですか。
醫院在哪裡？

医者を　呼んで　ください。
請叫醫生來。

どうしましたか。
怎麼了？

風邪を　ひきました。
我感冒了。

熱が　あります。
我發燒了。

口を　あけて　ください。
請張開嘴巴。

薬を　3日分　出します。
我開 3 天份的藥。

薬は　一日　3回　飲んで　ください。
一天請服 3 次藥。

お薬は　食後に　飲んで　ください
請在飯後服藥。

熱が　出ったら　飲んで　ください。
發燒時吃這包藥。

朝、昼、晩に　飲んで　ください。
早中晚都要吃藥

こちらの　薬は　朝と　夜の　一日　2回、こちらは　朝、昼、晩　一日　3回です。
這種藥請在早晚服用，一天兩次；這種藥則是早中晚服用，一天 3 次。

体を　大事で　ください。
請您保重身體。

お大事に。
請多保重

ゆっくり　休んで　ください。
請您好好休養。

もう　大丈夫です。
我已經沒事了。

▶ **搭車**

電話で　タクシー　呼びましょう。
我們打電話叫計程車吧。

ええ、そうしましょう。
好啊，就這麼辦。

タクシーは　高いから　地下鉄で　行かない。
搭計程車太貴了，要不要搭地下鐵去呢？

バスより　電車で　行った　ほうが　早く　つきます。
電車比巴士更快到目的地。

うちから　駅まで　歩いて　15分　かかる。
從我家走到車站要花 15 分鐘。

学校へ　何で　行って　いますか。
請問您都怎麼去學校的？

バスで　行って　います。
是搭巴士去的。

測驗是否能夠從介紹或通知等，約 250 字左右的撰寫資訊題材中，找出所需的訊息。

釐清資訊

考前要注意的事

作答流程 & 答題技巧

閱讀說明：先仔細閱讀考題説明

閱讀問題與內容：

預估有 1 題

1 考試時建議先看提問及選項，再看文章。

2 閱讀經過改寫後約 250 字的簡介、通知、傳單等資料中，測驗能否從中找出需要的訊息。

3 表格等文章乍看很難，但只要掌握原則就容易了。首先看清提問的條件，接下來快速找出符合該條件的內容。最後，注意有無提示「例外」的地方。不需要每個細項都閱讀。

4 平常可以多看日本報章雜誌上的廣告、傳單及手冊，進行模擬練習。

答題：選出正確答案

もんだい６ Reading

右の　ページを　見て、下の　しつもんに　こたえて　ください。こたえは、1・2・3・4から　いちばん　いい　ものを　一つ　えらんで　ください。

来週、友だちと　いっしょに　おいしい　ものを　食べに　行きます。友だちは　日本料理が　食べたいと　言って　います。たくさん　話したいので、金曜日か　土曜日の　夜に　会いたいです。

32　何曜日に、どの　店へ　行きますか。

1　月曜日に、山田亭
2　土曜日か　日曜日に、ハナか　フラワーガーデン
3　土曜日に、山田亭
4　日曜日に、おしょくじ　本木屋

23階　レストランの　案内

おしょくじ　本木屋	日本料理	【月～日】 11：00～15：00
ハナ	喫茶店	【月～金】 06：30～15：30 【土、日】 07：00～17：30
フラワーガーデン	イタリア料理	【月～金】 17：30～22：00 【土、日】 17：30～23：00
パーティールーム	フランス料理	【月～日】 17：30～23：00
山田亭	日本料理	【月～金】 11：30～14：00 【土、日】 11：30～23：00

もんだい6 Reading

右の ページを 見て、下の しつもんに こたえて ください。こたえは、1·2·3·4から いちばん いい ものを 一つ えらんで ください。

来週、友だちと いっしょに おいしい ものを 食べに 行きます。**友だちは 日本料理が 食べたいと 言って います。**〈關鍵句 たくさん 話したいので、**金曜日か 土曜日の 夜に 会いたいです。**〈關鍵句

文法詳見 P234

23階 レストランの 案内

おしょくじ 本木屋	日本料理	【月～日】11：00～15：00
ハナ	喫茶店	【月～金】06：30～15：30 【土、日】07：00～17：30
フラワーガーデン	イタリア料理	【月～金】17：30～22：00 【土、日】17：30～23：00
パーティールーム	フランス料理	【月～日】17：30～23：00
山田亭	**日本料理**	**【月～金】11：30～14：00 【土、日】11：30～23：00**

□おいしい 美味的
□日本料理 日本料理
□言う 說；講
□たくさん 很多
□話す 說話
□土曜日 星期六
□喫茶店 咖啡廳
□イタリア料理 義式料理
□フランス料理 法式料理

32 何曜日に、どの 店へ 行きますか。

1 月曜日に、山田亭
2 土曜日か 日曜日に、ハナか フラワーガーデン
3 土曜日に、山田亭
4 日曜日に、おしょくじ 本木屋

請參照右頁並回答以下問題。請從選項1・2・3・4當中選出一個最適當的答案。

下週我要和朋友一起去享用美食。朋友說他想吃日本料理。我想要和他好好地聊個天，所以想在星期五或星期六的晚上見面。

23樓　餐廳介紹

御食事本木屋	日本料理	【一～日】11：00～15：00
花	咖啡廳	【一～五】06：30～15：30 【六、日】07：00～17：30
Flower Garden	義式料理	【一～五】17：30～22：00 【六、日】17：30～23：00
Party Room	法式料理	【一～日】17：30～23：00
山田亭	日本料理	【一～五】11：30～14：00 【六、日】11：30～23：00

這一題要問的是日期和地點，關於地點的解題關鍵在「友だちは日本料理が食べたいと言っています」(朋友說他想吃日本料理)這一句，可見餐廳應該要選日本料理(＝おしょくじ本木屋或是山田亭)。

至於見面時間就要看「たくさん話したいので、金曜日か土曜日の夜に会いたいです」(我想要和他好好地聊個天，所以想在星期五或星期六的晚上見面)這一句，可見應該要選在星期五或星期六，所以選項1、2、4都是錯的，正確答案是3。

32　請問要在星期幾、去哪間餐廳？

1　星期一，山田亭
2　星期六或星期天，花或Flower　Garden
3　星期六，山田亭
4　星期日，御食事本木屋

Answer　3

「～たい」表示說話者個人的心願、希望。

文法と萬用句型

【引用句子】＋と。「と」接在某人説的話，或寫的事物後面，表示説了什麼、寫了什麼。

1 ［　］＋と　（説…、寫著…）

例句 子供（こども）が「遊（あそ）びたい」と言（い）っています。

小孩子説：「想出去玩」。

[替換單字]

□ もう帰（かえ）ろう 回去吧

□ 行（い）かない 不去

□ 一緒（いっしょ）に　ゲームしよう 一起玩遊戲嘛

【名詞；形容詞普通形；形容動詞詞幹；動詞普通形】＋か＋【名詞；形容詞普通形;形容動詞詞幹;動詞普通形】＋か。「か」也可以接在最後的選擇項目的後面。跟「～か～」一樣，表示在幾個當中，任選其中一個。

2 ［　］＋か＋［　］＋か

（…或是…）

例句 暑（あつ）いか　寒（さむ）いか　分（わ）かりません。

不知道是熱還是冷。

[替換單字]

□ 好（す）き 喜歡・嫌（きら）い 討厭

□ 子（こ）ども 小孩・大人（おとな） 成人

□ 強（つよ）い 強・弱（よわ）い 弱

小知識大補帖

▶關於日本地下街

在日本，當然要體驗一下日本美食文化了。特別是百貨地下街，其販賣的商品種類五花八門，從各式便當、精緻菜餚到日本壽司、中華料理等各種餐點一應具全，價格也不貴，甚至比外面餐廳來得便宜。當然還有各式沖泡茶飲、零食、酒類、泡麵、調味料等等，若想要享受一下，也有價格稍微昂貴的精緻甜點，不僅逛起來充滿趣味，亦可以輕鬆買到各式各樣的伴手禮。

常見的地下超市包含，「成城石井」可以在其中找到各式便當與零食，自家研發的麵包與點心也十分受歡迎；「QUEEN' S 伊勢丹」是日本有歷史的高級地下百貨，商品多樣又豐富，還販售著自家的香草冰淇淋；「KALDI COFFEE FARM」則是販售著咖啡以及各式異國食品及泡麵，經常有店員在門口倒咖啡，請客人邊逛邊試喝，適合愛挖寶以及愛喝咖啡的讀者去一探究竟。

▸ 日本的用餐禮儀

而到日本除了享用好吃的美食，不可不知的還有日本人餐前一定會說「いただきます」，對食物、生命以及做飯的人表示感謝，有趣的是就算只有自己一個人吃飯，他們也會說這句話。吃飽後則會說「ごちそうさまでした」，日本人在麵店、餐廳等吃完飯走出店門時也會和店員說這句話，話中含有對做料理的人的感謝。到了日本試著多多觀察、入境隨俗，就能體驗到更深層的文化。

MEMO

もんだい 6　Reading

右の　ページを　見て、下の　しつもんに　こたえて　ください。こたえは　1・2・3・4から　いちばん　いい　ものを　一つ　えらんで　ください。

うちの　近くに　スーパーが　二つ　あります。いちばん　安い　肉と　卵を　買いたいです。

32　どちらで　何を　買いますか。

1　Aスーパーの　牛肉と　卵

2　Aスーパーの　とり肉と　Bスーパーの　卵

3　Bスーパーの　とり肉と　卵

4　Bスーパーの　ぶた肉と　Aスーパーの　卵

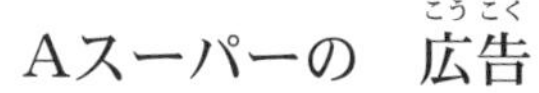
Aスーパーの　広告

大特売！
牛肉
350円
／100グラム
お買得！
卵
198円
／12個
とり肉
80円
／100グラム
ぶた肉
198円
／100グラム

Bスーパーの　広告

特売！
お買得！
とり肉
90円
／100グラム
ぶた肉
130円
／100グラム
卵
188円
／12個
牛肉
330円
／100グラム

もんだい６ Reading

右の　ページを　見て、下の　しつもんに　こたえて　ください。こたえは　1·2·3·4から　いちばん　いい　ものを　一つ　えらんで　ください。

うちの　近くに　スーパーが　二つ　あります。いちばん　安い　肉と　卵を　買いたいです。

文法詳見 P240

32　どちらで　何を　買いますか。

1　Aスーパーの　牛肉と　卵
2　Aスーパーの　とり肉と　Bスーパーの　卵
3　Bスーパーの　とり肉と　卵
4　Bスーパーの　ぶた肉と　Aスーパーの　卵

□ 一番　最…；第一
□ 安い　便宜的
□ 肉　肉
□ 卵　蛋
□ 広告　廣告
□ とり肉　雞肉
□ 円　日圓
□ グラム　公克
□ 牛肉　牛肉
□ ぶた肉　豬肉

請參照右頁並回答以下問題。請從選項1・2・3・4當中選出一個最適當的答案。

我家附近有兩間超市。我想要買最便宜的肉類和雞蛋。

A超市廣告

B超市廣告

這一題問題關鍵在「いちばん安い肉と卵を買いたいです」，表示作者想買最便宜的肉類和雞蛋，所以要利用A、B兩間超市的資料進行比價，「いちばん」表示比哪個都強，可以翻譯成「最…」。

從資料中可以看出A超市的雞肉每100公克只要80圓，是所有肉類中最便宜的，所以選項1、4都是錯的。

至於雞蛋，同樣都是12入，B超市賣得比A超市便宜，所以選項3是錯的，作者應該要在A超市買雞肉，然後在B超市買雞蛋。正確答案是2。

32 應該要在哪一間買什麼呢？

Answer 2

1 A超市的牛肉和雞蛋
2 A超市的雞肉和B超市的雞蛋
3 B超市的雞肉和雞蛋
4 B超市的豬肉和A超市的雞蛋

文法と萬用句型

【動詞ます形】＋たい。表示說話人（第一人稱）內心希望某一行為能實現，或是強烈的願望。否定時用「たくない」、「たくありません」。

1 ＿＿＿ **+たい** （…想要…）

例句 果物（くだもの）が　食（た）べたいです。
我想要吃水果。

［替換單字］
- □ お酒（さけ）が　飲（の）み　喝酒
- □ 会（あ）い　見面
- □ 結婚（けっこん）し　結婚

MEMO

右の　ページを　見て、下の　しつもんに　こたえて　ください。こたえは、1・2・3・4から　いちばん　いい　ものを　一つ　えらんで　ください。

月曜日の　朝、うちの　近くの　お店に　新聞を　買いに　行きます。いろいろな　ニュースを　読みたいので、安くて　ページが　多い　新聞を　買いたいです。

32　どの　新聞を　買いますか。

1　さくら新聞
2　新聞スピード
3　大空新聞
4　もも新聞

新聞の案内

新聞の名前	ページ	お金	売っている日
さくら新聞	30ページ	150円	毎日
新聞スピード	40ページ	150円	毎日
大空新聞	40ページ	120円	週末
もも新聞	28ページ	180円	毎日

もんだい 6 Reading

右の ページを 見て、下の しつもんに こたえて ください。こたえは、1・2・3・4から いちばん いい ものを 一つ えらんで ください。

月曜日の 朝、うちの 近くの お店に 新聞を 買いに 行きます。いろいろな ニュースを 読みたいので、**安くて ページが 多い 新聞を 買いたいです。**

文法詳見 P244　關鍵句

新聞の案内

新聞の名前	ページ	お金	売っている日
さくら新聞	30ページ	150円	毎日
新聞スピード	**40ページ**	**150円**	**毎日**
大空新聞	40ページ	120円	週末
もも新聞	28ページ	180円	毎日

- □ 新聞 報紙
- □ いろいろ 各式各樣的
- □ ニュース 新聞
- □ 読む 閱讀
- □ ので 因為…
- □ 案内 介紹；說明
- □ 週末 週末

32 どの 新聞を 買いますか。

1 さくら新聞
2 新聞スピード
3 大空新聞
4 もも新聞

請參照右頁並回答以下問題。請從選項1・2・3・4當中選出一個最適當的答案。

星期一早上，我要去家裡附近的商店買報紙。我想閱讀各式各樣的新聞，所以想買既便宜頁數又多的報紙。

報紙介紹

報紙名稱	頁數	價格	出刊日
櫻花報	30頁	150圓	每天
速度報	40頁	150圓	每天
大空報	40頁	120圓	週末
桃子報	28頁	180圓	每天

題目的「どの」(哪一個)用來在眾多選擇當中挑出其中一樣。

從「月曜日の朝、うちの近くのお店に新聞を買いに行きます」這句話可以得知作者要在星期一早上去買報紙，所以只在週末販賣的「大空新聞」，也就是選項3是不適當的。

接著作者表示自己的購買訴求是「安くてページが多い新聞を買いたいです」，所以要從剩下的3個選項挑出一個既便宜頁數又多的報紙，比較選項1、2、4可以發現選項2「しんぶんスピード」的頁數最多，售價也最低，因此正確答案是2。

32 請問要買哪份報紙呢？

Answer **2**

1 櫻花報
2 速度報
3 大空報
4 桃子報

文法と萬用句型

【動詞ます形；する動詞詞幹】＋に。表示動作、作用的目的、目標。

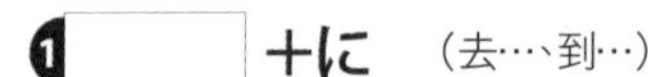

1 ＋に（去…、到…）

例句　デパートへ　買い物に　行きます。

到百貨公司去買東西。

［替換單字］

□ 食事 吃飯

□ 映画を　見 看電影

【動詞ます形】＋たい。表示說話人（第一人稱）內心希望某一行為能實現，或是強烈的願望。否定時用「たくない」、「たくありません」。

2 ＋たい（…想要…）

例句　私は　医者に　なりたいです。

我想當醫生。

【形容詞詞幹】＋く＋て 連接形容詞或形容動詞時，表示兩種屬性的並列。

3 く＋て

（又…又…）

例句　古くて　小さい　車を　買いました。

買了一輛又舊又小的車子。

下の　ページを　見て、つぎの　しつもんに　こたえて　ください。こたえは、1・2・3・4から　いちばん　いい　ものを　一つ　えらんで　ください。

郵便局で、アメリカと　イギリスに　荷物を　送ります。アメリカへ　送る　荷物は　急がないので、安い　ほうが　いいです。イギリスへ　送る　荷物は　急ぐので、速い　ほうが　いいです。荷物は　どちらも　3キロぐらいです。

32 全部で　いくら　払いますか。

1　7,500円
2　4,500円
3　10,000円
4　15,000円

外国への　荷物（アメリカと　ヨーロッパ）

	～2キロ	2キロ～5キロ	5キロ～10キロ
飛行機（1週間ぐらい）	3,000円	5,000円	10,000円
船（2ヶ月ぐらい）	1,500円	2,500円	5,000円

もんだい６ Reading

下の ページを 見て、つぎの しつもんに こたえて ください。こたえは、1・2・3・4から いちばん いい ものを 一つ えらんで ください。

郵便局で、アメリカと イギリスに 荷物を 送ります。アメリカへ 送る 荷物は 急がないので、安い ほうが いいです。イギリスへ 送る 荷物は 急ぐので、速い ほうが いいです。荷物は どちらも ３キロぐらいです。 關鍵句

（へ └文法詳見 P248）（ほうが いい └文法詳見 P248）

外国への 荷物（アメリカと ヨーロッパ）

	～２キロ	**２キロ～５キロ**	５キロ～10キロ
飛行機（１週間ぐらい）	3,000円	**5,000円**	10,000円
船（2ヶ月ぐらい）	1,500円	**2,500円**	5,000円

雖然「～に送ります」和「～へ送ります」都表示把東西送到某個地方，不過語感有稍有不同，「に」的寄送地點很明確，翻譯成「送到…」，「へ」則表示動作的方向，翻譯成「送往…」。

「どちらも」的意思是「兩者都…」。「ぐらい」表示大約的數量、範圍。

□ 郵便局 郵局
□ アメリカ 美國
□ イギリス 英國
□ 荷物 貨物；行李
□ 送る 寄；送
□ 急ぐ 急於…；急忙
□ キロ 公斤
□ 飛行機 飛機
□ 船 船

32 全部で いくら 払いますか。

1　7,500円
2　4,500円
3　10,000円
4　15,000円

請參照下頁並回答以下問題。請從選項１・２・３・４當中選出一個最適當的答案。

題目中「全部で」的「で」表示數量的總計，「いくら」用於詢問價格。本題關鍵在找出包裹的寄送條件，算出郵資的總和。

我要在郵局寄送包裹到美國和英國。寄到美國的包裹不趕時間，所以用便宜的寄送方式就行了。因為寄到英國的包裹是急件，所以想用比較快的寄送方式。兩個包裹重量都是 3 公斤左右。

國外包裹（美洲及歐洲）

	～２公斤	２公斤～５公斤	５公斤～10公斤
空運（大約一週）	3,000圓	5,000圓	10,000圓
船運（大約兩個月）	1,500圓	2,500圓	5,000,圓

第三句「イギリスへ送る荷物は急ぐので、速いほうがいいです」（因為寄到英國的包裹是急件，所以想用比較快的寄送方式）。由此得知寄到英國的要用快速的空運。

文章第二句「アメリカへ送る荷物は急がないので、安いほうがいいです」（寄到美國的包裹不趕時間，所以用便宜的寄送方式就行了）。因此可知寄到美國的要用便宜的船運。

文章最後提到「荷物はどちらも３キロぐらいです」（兩個包裹重量都是３公斤左右）。由此可知兩個包裹重量都是３公斤左右。

32 請問總共要付多少郵資呢？

1　7,500 圓　　2　4,500 圓
3　10,000 圓　　4　15,000 圓

Answer **1**

根據表格，船運３公斤的物品要 2500 圓，空運３公斤的物品要 5000 圓，「2500 + 5000 = 7500」，所以總共是 7500 圓。正確答案是１。

「～ほうがいいです」表示說話者經過比較後做出的選擇，翻譯成「…比較好」或是「我想要…」。

文法と萬用句型

【名詞】＋へ。前接跟地方有關的名詞，表示動作、行為的方向，也指行為的目的地。

1 ＋へ （往…、去…）

例句 電車(でんしゃ)で　学校(がっこう)へ　来(き)ました。
搭電車來學校。

［替換單字］

- □ レストラン 餐廳
- □ 喫茶店(きっさてん) 咖啡廳
- □ 八百屋(やおや) 蔬果店
- □ 公園(こうえん) 公園

【名詞の；形容詞辭書形；形容動詞詞幹な；動詞た形】＋ほうがいい。用在向對方提出建議、忠告。有時候前接的動詞雖然是「た形」，但指的卻是以後要做的事。也用在陳述自己的意見、喜好的時候。否定形為「～ないほうがいい」。

2 ＋ほうがいい

（最好…、還是…為好）

例句 柔(やわ)らかい　布団(ふとん)の　ほうが　いい。
柔軟的棉被比較好。

［替換單字］

- □ 駅(えき)に　近(ちか)い 離車站近
- □ 砂糖(さとう)を　入(い)れない 不要加糖

＊｛ ｝內也可自行帶入其他詞彙喔！

常用的表達關鍵句

01 表示期望

- ｛早く子ども｝がほしい／真想要｛快點有個孩子｝。
- ｛アパートを借り｝たい／我想要｛租公寓｝。
- ｛お金を使い｝たくない／我不想｛花錢｝。
- ｛疲れているので出かけ｝たくありません／｛覺得很疲倦，所以｝不想｛出門｝。
- ｛男の人はテニスをし｝たいと思っている／｛男士｝正想要｛打網球｝。
- ｛4歳の娘はサンタさんに会いた｝がっています／｛我4歲的女兒｝一直很想｛見聖誕老人一面｝。
- ｛妻にもっと優しくし｝てほしい／希望｛他能對自己的妻子更溫柔體貼些｝。
- ｛早く暖かく｝なってほしい／真希望｛能早日回暖｝。

02 表示決心、打算

- ｛日本に行く前にインターネットで部屋を探す｝つもりです／打算｛在前往日本之前，先在網路上找房子｝。

03 表示提議、建議

- ｛早く行っ｝たほうがいい／最好｛快點動身前往｝。
- ｛住むところは駅に近い｝ほうがいいです／｛住的地方離車站近一點｝比較好。
- ｛塩分を取りすぎ｝ないほうがいい／最好不要｛攝取過多的鹽分｝。

關鍵字記單字

▸關鍵字	▸▸▸單字	
曜日（ようび） 星期	□ 月曜日（げつようび）	星期一，每週的第二天
	□ 火曜日（かようび）	星期二，每週的第三天
	□ 水曜日（すいようび）	星期三，禮拜三
	□ 木曜日（もくようび）	星期四
	□ 金曜日（きんようび）	星期五
	□ 土曜日（どようび）	星期六，禮拜六
	□ 日曜日（にちようび）	星期天，星期日，週日；每週的第一天
	□ 今週（こんしゅう）	本星期，這個星期，這個禮拜，這週，本週
	□ 週間（しゅうかん）	一個星期，一個禮拜
	□ 週間（しゅうかん）	週間；因有特殊活動的一週
	□ 先週（せんしゅう）	上星期，上週
	□ 毎週（まいしゅう）	每週，每星期，每個禮拜
	□ 来週（らいしゅう）	下週，下星期

食べる（た） 吃	□ 鶏肉（とりにく）・鳥肉（とりにく）	雞肉
	□ 取る（と）	吃
	□ 肉（にく）	肉
	□ 歯（は）	齒，牙，牙齒
	□ 箸（はし）	筷子，箸
	□ バター【butter】	奶油
	□ パン【(葡) pão】	麵包

右の　ページを　見て、下の　しつもんに　こたえて　ください。こたえは、1・2・3・4から　いちばん　いい　ものを　一つ　えらんで　ください。

今日の　夕方、映画を　見に　行きます。映画の　あとで、晩ごはんを　食べたいので、6時　ごろに　終わるのが　いいです。外国の　ではなく、日本の　映画が　見たいです。

32　どの　映画を　見ますか。

1　猫　　　　　　2　父の　自転車

3　とべない　飛行機　　4　小さな　恋

【日本の映画】

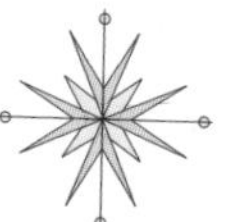

11：00～13：30 ローラ

14：00～15：30 夏のおもいで

16：00～18：00 猫

18：30～21：00 父の自転車

【外国の映画】

11：30～13：00

デパートでだいぼうけん

13：30～15：00

とべない飛行機

15：30～18：00 地下鉄

18：30～21：00 小さな恋

IIII

もんだい 6　Reading

右の　ページを　見て、下の　しつもんに　こたえて　ください。こたえは、1·2·3·4から いちばん　いい　ものを　一つ　えらんで　ください。

今日の　夕方、映画を　見に　行きます。映画の　あとで、（文法詳見 P254）晩ごはんを　食べたいので、**6時　ごろに　終わるのが　いい　です。**（關鍵句）外国の　ではなく、**日本の　映画が　見たいです。**

- □ 夕方　傍晚
- □ 映画　電影
- □ ～に行く　去…（做某事）
- □ 晩ご飯　晚餐
- □ 終わる　結束

32　どの　映画を　見ますか。

1　猫
2　父の　自転車
3　とべない　飛行機
4　小さな　恋

請參照右頁並回答以下問題。請從選項１・２・３・４當中選出一個最適當的答案。

> 本題必須掌握電影的種類及結束的時間。

今天傍晚我要去看電影。不過看完電影我想吃個晚餐，所以大約在６點結束的電影比較好。我想看日本的電影而不是國外的電影。

【日本電影】

11：00～13：30　蘿拉
14：00～15：30　夏日回憶
16：00～18：00　貓
18：30～21：00　父親的腳踏車

【外國電影】

11：30～13：00
百貨公司大冒險

13：30～15：00
無法飛行的飛機

15：30～18：00
地下鐵

18：30～21：00
小小的戀愛

電影介紹

> 文章第一句提到「映画を見に行きます」（我要去看電影），「～に行く」表示為了某個目的前往。

> 解題關鍵在「６時ごろに終わるのがいいです」（６點結束的電影比較好）、「外国のではなく、日本の映画が見たいです」（我想看日本的電影而不是國外的電影）兩句。

> 由此可知作者想看約在６點結束的日本電影，符合這兩項條件的是選項１「猫」（貓）。正確答案是１。

32 請問要看哪場電影呢？

Answer **1**

1 貓　　**2** 父親的腳踏車
3 無法飛行的飛機　　**4** 小小的戀愛

> 「外国のではなく」（而不是國外的電影），句中「外国の」的「の」沒有實質意義，只是用來取代「映画」。
>
> 句型「Ａではなく、Ｂです」的重點在Ｂ，意思是「不是Ａ，而是Ｂ」。

> 「～ごろ」前面接表示時間的語詞，表示大概的時間。「～がいいです」表示經過比較後做出的選擇，可以翻譯為「比較好」或「我想要」。

文法と萬用句型

【名詞】＋の＋あとで。表示完成前項事情之後，進行後項行為。

1 ＿＿＿＋の＋あとで （…後）

例句 トイレの　あとで　おふろに　入(はい)ります。

上廁所後洗澡。

[替換單字]

- ☐ 宿題(しゅくだい) 作業
- ☐ テレビ 電視
- ☐ 晩(ばん)ご飯(はん) 晚餐
- ☐ 仕事(しごと) 工作

小知識大補帖

▸ 在日本看電影

「映画(えいが)を見(み)る」（看電影）除了上「映画館(えいがかん)」（電影院）之外，也可以選擇較經濟的「セカンド ラン」（二輪電影）或是「レンタル DVD」（出租 DVD）哦！

此外，日本首輪電影的價格大約是 1800 到 1900 左右，想要搶便宜，可以透過特定時間的優惠，例如：

ファーストデイ（First Day）：每個月的 1 號會打折。

映画の日（電影之日）：12 月 1 日是電影之日，通常會有優惠。

レディースデイ（Lady’s Day）：有些店家每週三會有女性優惠價。

等等，只是除了外國發音的電影以外，大多沒有字幕，因此想在日本享受電影，日文可能得先熟練到一定的程度才行。

右の ページを 見て、下の、しつもんに こたえて ください。こたえは 1・2・3・4から いちばん いいものを 一つ えらんで ください。

オレンジ病院へ 行きます。11時前に 着きたいです。山田駅の 前で バスに 乗ります。バスは、りんご公園で 一度 とまって から、オレンジ病院へ 行きます。

32 何番の バスに 乗りますか。

1 1番バス

2 2番バス

3 3番バス

4 4番バス

1番バス	山田駅	りんご公園	グレープ病院
	9：15	9：25	9：35
2番バス	山田駅	りんご公園	オレンジ病院
	10：00	10：20	10：50
3番バス	山田駅	りんご公園	オレンジ病院
	10：30	10：50	11：20
4番バス	山田駅	りんご公園	ひまわり病院
	10：00	10：20	10：50

もんだい６ Reading

右の ページを 見て、下の、しつもんに こたえて ください。こたえは 1·2·3·4から いちばん いいものを 一つ えらんで ください。

オレンジ病院へ 行きます。11時前に 着きたいです。山田駅の 前で バスに 乗ります。バスは、りんご公園で 一度 とまって から、オレンジ病院へ 行きます。

文法詳見 P258
文法詳見 P258
文法詳見 P258

1番バス	山田駅	りんご公園	グレープ病院
	9：15	9：25	9：35
2番バス	**山田駅**	**りんご公園**	**オレンジ病院**
	10：00	10：20	**10：50**
3番バス	山田駅	りんご公園	オレンジ病院
	10：30	10：50	11：20
4番バス	山田駅	りんご公園	ひまわり病院
	10：00	10：20	10：50

□ 病院 醫院
□ 行く 去
□ 駅 車站
□ 乗る 搭乘
□ バス 公車
□ 一度 一回；一次
□ 止まる 停止

32 何番の バスに 乗りますか。

1 1番バス
2 2番バス
3 3番バス
4 4番バス

請參照右頁並回答以下問題。請從選項１・２・３・４當中選出一個最適當的答案。

這一題的解題關鍵在抓出路線順序和抵達時間。

我要去橘子醫院。想在 11 點以前抵達。我要在山田車站前面搭乘公車。公車會先在蘋果公園停靠，再往橘子醫院開去。

1 號公車	山田車站	蘋果公園	葡萄柚醫院
	09：15	09：25	09：35
2 號公車	山田車站	蘋果公園	橘子醫院
	10：00	10：20	10：50
3 號公車	山田車站	蘋果公園	橘子醫院
	10：30	10：50	11：20
4 號公車	山田車站	蘋果公園	向日葵醫院
	10：00	10：20	10：50

從文中可以得知，作者從「山田駅」(山田車站)出發，途中會經過「りんご公園」(蘋果公園)，目的地是「オレンジ病院」(橘子醫院)，所以路線順序是「山田駅→りんご公園→オレンジ病院」，因此選項1、4都錯誤。

文章第二句提到「11時前に着きたいです」(想在11點以前抵達)，由於選項3的抵達時間是11：20，所以錯誤。選項2的抵達時間是10：50，正確答案是2。

文章最後一句「バスは、りんご公園で一度...」(公車會先在蘋果公園...)，「一度」意思是「一次」，表示公車會在蘋果公園停一次車。

32 請問要搭乘幾號公車呢？

1 1 號公車
2 2 號公車
3 3 號公車
4 4 號公車

Answer **2**

文法と萬用句型

【名詞】＋へ。前接跟地方有關的名詞，表示動作、行為的方向，也指行為的目的地。

1 ＋へ （往…去…）

例句 電車（でんしゃ）で　学校（がっこう）へ　来（き）ました。

搭電車來學校。

【時間名詞】＋まえ。接尾詞「まえ」，接在表示時間名詞後面，表示那段時間之前。

2 ＋まえ （…前）

例句 まだ　20歳前（はたちまえ）ですから、お酒（さけ）は飲（の）みません。

還沒滿 20 歲，所以不能喝酒。

【動詞て形】＋から。結合兩個句子，表示動作順序，強調先做前項的動作或前項事態成立，再進行後句的動作。或表示某動作、持續狀態的起點。

3 ＋てから

（先做…，然後再做…；從…）

例句 夜（よる）、歯（は）を　磨（みが）いて　から　寝（ね）ます。

晚上刷完牙以後才睡覺。

右の　ページを　見て、しつもんに　こたえて　ください。こたえは　1・2・3・4から　いちばん　いいものを　一つ　えらんで　ください。

32　つぎの　なかで　ただしい　ものは　どれですか。

1　まつりは　朝から　夜まで　あります。

2　まつりには　食べ物の　店は　あまり　ありません。

3　まつりは　とても　静かです。

4　雨の　日に　まつりは　ありません。

夏まつりに　来ませんか。

ひまわり駅前で　夏まつりが　あります。まつりは　とても　にぎやかです。食べ物の　店も　たくさん　あります。皆さん　ぜひ　来てください。

時間　：　8月7日（土曜日）、8日（日曜日）
　　　　　午後　5時から　午後　10時まで
ばしょ：　ひまわり駅前

※　雨の　日は　ありません。

もんだい 6 Reading

右の ページを 見て、しつもんに こたえて ください。こたえは 1·2·3·4から いちばん いいものを 一つ えらんで ください。

遇到「つぎのなかでただしいものはどれですか」(請問下列敘述正確的選項為何)、「つぎのなかでただしくないものはどれですか」(請問下列敘述不正確的選項為何)這類題型，建議以刪去法作答。

選項1「まつりは朝から夜まであります」(祭典從早到晚都有)是錯誤的，因為傳單上寫祭典的時間是「午後5時から午後10時まで」(下午5點至晚上10點)，所以可知早上沒有。

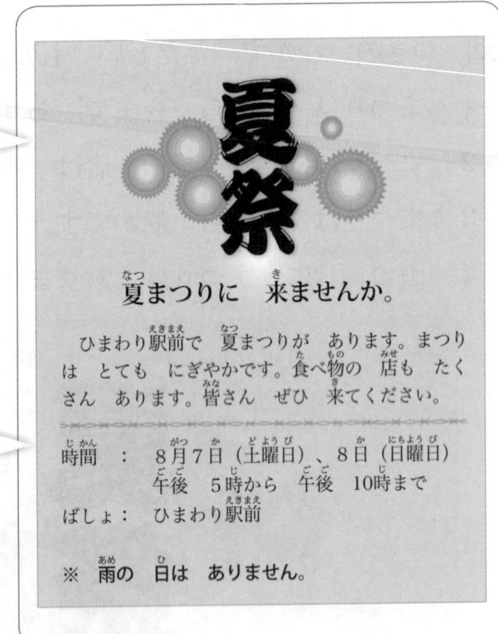

- □ 夏祭り 夏天的祭典
- □ ひまわり 向日葵
- □ 駅前 車站前面
- □ にぎやか 熱鬧
- □ 食べ物 食物
- □ 店 店家；攤位
- □ 皆さん 各位；大家
- □ ぜひ 一定；務必
- □ 時間 時間
- □ 日曜日 星期日
- □ 午後 下午
- □ 場所 場所；地點
- □ 雨の日 雨天

32 つぎの　なかで　ただしい　ものは　どれですか。

1　まつりは　朝から　夜まで　あります。

2　まつりには　食べ物の　店は　あまり　ありません。

3　まつりは　とても　静かです。

4　雨の　日に　まつりは　ありません。

請參照右頁並回答以下問題。請從選項１・２・３・４當中選出一個最適當的答案。

要不要來夏日祭典啊？

在向日葵車站前面有舉行夏日祭典。祭典非常熱鬧。有很多販賣食物的攤位。請大家一定要來參加。

時間：8月7日（星期六），8日（星期天）
下午5點至晚上10點
地點：向日葵車站前

※雨天活動停辦。

選項4「雨の日にまつりはありません」(如果下雨就沒有祭典)對應傳單上最後一句「雨の日はありません」(雨天活動停辦)。雖然沒有明確指出停辦什麼，不過根據傳單整體內容來看，可以知道停辦的是「まつり」(祭典)。正確答案是4。

「あまり～ません」意思是「不...怎麼...」，表示數量或程度不多、不高。

32 請問下列敘述正確的選項為何？

Answer **4**

1 祭典從早到晚都有
2 祭典當中沒什麼販賣食物的攤位
3 祭典十分安靜
4 如果下雨就沒有祭典

選項3「まつりはとても静かです」(祭典非常安靜)和傳單上面的「まつりはとてもにぎやかです」(祭典非常熱鬧)意思相反，所以也不正確。

選項2「まつりには食べ物の店はあまりありません」(祭典當中沒什麼販賣食物的攤位)也錯誤。因為傳單上寫道「食べ物の店もたくさんあります」(有很多販賣食物的攤位)。

小知識大補帖

▶ 關於盂蘭盆節

「お盆」（盂蘭盆節）是日本的傳統節日，原本是追祭祖先、祈禱冥福的日子，現在已經是家庭團圓、合村歡樂的節日了。每年７、８月各地都有「お盆」（盂蘭盆節）祭典，甚至在住宅區的小公園裡，一群鄰居就跳起「盆踊り」（盆舞）了！

而盂蘭盆節時，日本人會在黃瓜和茄子上插入４枝竹籤，並拿來供奉，這又是為什麼呢？黃瓜代表馬，茄子代表牛，４枝竹籤就是他們的腿。馬跑得快，可以盡快帶領祖先回家；牛則可以背負祖先的供品，且走得比較慢，讓祖先能在現世多停留一點時間，不用那麼快回去。

MEMO

右の　ページを　見て、下の　みて　しつもんに　こたえて　ください。こたえは、1・2・3・4から　いちばん　いい　ものを　一つ　えらんで　ください。

さくら　デパートへ　買い物に　行きます。あたらしい　スカートと　こんげつの　ざっしを　買いたいです。それから　さとうと　しょうゆも　買いたいです。

32　何階で　買い物を　しますか。

1　1階、2階、地下1階　　2　2階、4階、5階

3　1階、4階、地下1階　　4　2階、3階、地下1階

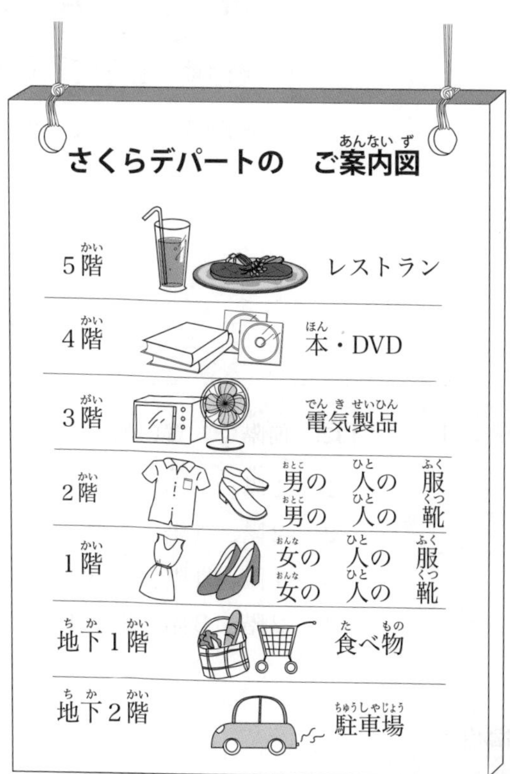

もんだい６ Reading

右の ページを 見て、下の みて しつもんに こたえて ください。こたえは、1·2·3·4から いちばん いい ものを 一つ えらんで ください。

さくら デパートへ 買い物に 行きます。**あたらしい スカートと こんげつの ざっしを 買いたいです。**それから **さとうと しょうゆも 買いたいです。**

☐ デパート 百貨公司
☐ 新しい 新的
☐ スカート 裙子
☐ 今月 這個月
☐ 雑誌 雜誌
☐ 砂糖 砂糖
☐ 醤油 醬油
☐ 電気製品 電器用品
☐ 駐車場 停車場

32 何階で 買い物を しますか。

1 1階、2階、地下1階
2 2階、4階、5階
3 1階、4階、地下1階
4 2階、3階、地下1階

請參照右頁並回答以下問題。請從選項１・２・３・４當中選出一個最適當的答案。

我要去櫻花百貨買東西。我想買新的裙子和這個月出刊的雜誌，接著還要買砂糖和醬油。

本題解題關鍵在把文章中提到的物品和賣場對應。

作者提到自己想買「スカート」(裙子)、「ざっし」(雜誌)、「さとうとしょうゆ」(砂糖和醬油)。這4樣東西分別在「女の人の服」(女裝)、「本」(書籍)、「食べ物」(食品)這3個賣場販售，所以作者必須去1樓、4樓、地下1樓。正確答案是3。

32 請問要在哪幾層樓買東西呢？

Answer **3**

1　1樓、2樓、地下1樓
2　2樓、4樓、5樓
3　1樓、4樓、地下1樓
4　2樓、3樓、地下1樓

句型「動詞ます形＋に行きます」表示為了某種目而前往。「買いたいです」(想買)的「～たいです」表示說話者個人的心願、希望。

小知識大補帖

▶ 在日本逛百貨

季節交替的 1 月和 7 月是日本服裝大拍賣的時期。一月正值新年，以福袋和冬季減價為號召的拍賣為最大規模，7 月的換季拍賣則是多采多姿的夏裝清倉大拍賣，看準這個時期去血拼，可以買到不少好東西喲！

除此之外，許多人到日本都喜歡逛百貨公司，因為不僅商品五花八門，還有豐富多樣的美食和地下超市。而到日本必逛的百貨公司包含服裝和化妝品種類眾多的「三越伊勢丹」、地下甜點美食非常出名的「大丸百貨」，以及服務品質一流，並專門為觀光客設置免稅櫃檯的「高島屋」，各有特色，每家都值得造訪。

MEMO

＊｛ ｝內也可自行帶入其他詞彙喔！

常用的表達關鍵句

01 表示請求、命令

→｛すみません、お箸（はし）｝をください／｛不好意思，｝請給我｛筷子｝。

→｛ジュース｝をください／我要｛果汁｝。

→｛食事（しょくじ）の前（まえ）に手（て）を洗（あら）っ｝てください／｛吃飯前｝請｛洗手｝。

→｛本屋（ほんや）で雑誌（ざっし）を買（か）ってき｝てください／請｛請到書店買一本雜誌回來｝。

→｛写真（しゃしん）を撮（と）ら｝ないでください／請勿｛拍照｝。

→｛皆（みな）さんによろしくお伝（つた）え｝くださいませんか／您可以｛幫我向大家問好｝嗎？

→｛もう一度（いちど）話（はな）し｝てくださいませんか／能否請您｛再重說一次｝？

→｛電話番号（でんわばんごう）を書（か）い｝てくださいませんか／能否請您｛寫下電話號碼｝？

→｛桜（さくら）、早（はや）く起（お）き｝なさい／｛小櫻，快點起床了｝！（命令說法）。

02 表示禁止

→｛こら、授業中（じゅぎょうちゅう）に寝（ね）る｝な／｛喂！上課｝別｛睡覺｝！

→｛私（わたし）の邪魔（じゃま）｝をするな／不要｛干擾我｝！

03 表示選擇性行為

→｛帽子（ぼうし）｝か｛ネクタイ｝か、どちらがいいですか／｛帽子｝跟｛領帶｝，哪一個比較好呢？

關鍵字記單字

▸關鍵字	▸▸▸單字	
喜（よろこ）ぶ 愉快	□明（あか）るい	明朗；快活
	□面白（おもしろ）い	愉快的；被吸引的；精彩的；有趣的；滑稽可笑的
	□楽（たの）しい	快樂，愉快，高興
	□にぎやか	極其開朗，熱鬧
	□晴（は）れる	暢快，愉快

▸關鍵字	▸▸▸單字	
所（ところ） 地點	□角（かど）	角落；角，隅角
	□角（かど）	拐角，轉彎的地方
	□銀行（ぎんこう）	銀行
	□口（くち）	（進出、上下的）出入口，地方
	□国（くに）	國土，領土；地區，地方
	□コート【coat】	球場
	□先（さき）	去處，目的地
	□外（そと）	外面，外頭（家以外的地方）
	□デパート	百貨商店，百貨公司
	□所（ところ）	地方，地區；當地，鄉土
	□所（ところ）	住處，家
	□庭（にわ）	庭院
	□外（ほか）	別處，別的地方，外部
	□店（みせ）	商店，店鋪
	□八百屋（やおや）	菜舖，蔬菜店，蔬菜水果商店；蔬菜商
	□図書館（としょかん）	圖書館

右の　ページを　見て、下の　しつもんに　こたえて　ください。こたえは、1・2・3・4から　いちばん　いい　ものを　一つ　えらんで　ください。

32　あさ、雨が　つよく　ふって　います。どうしますか。

1　9時に　駅へ　行きます。

2　8時過ぎに　高橋さんに　電話します。

3　8時に　駅へ　行きます。

4　9時まで　家で　待ちます。

山へ　行きましょう

秋に　なりました。緑色の　山が、赤や　黄色に　なってきれいです。いっしょに　見に　行きませんか。

行く　ところ：　ぼうし山
行く　日：　10月8日（土）
あつまる　時間：　あさ　9時
あつまる　ところ：　駅
持って　くる　もの：　お弁当、飲み物

行く　日の　あさ、雨が　つよく　降って　いる　とき：8時まで　家で　待って　から、わたしに　電話を　して　ください。

8時の　天気を　見て、行くか　行かないか　きめます。8日に　行かない　ときには、9日（日）に　行きます。

高橋花子

もんだい 6 Reading

右の ページを 見て、下の しつもんに こたえて ください。こたえは、1·2·3·4から いちばん いい ものを 一つ えらんで ください。

山へ 行きましょう

└文法詳見 P272

秋に なりました。緑色の 山が、赤や 黄色に なってきれいです。いっしょに 見に 行きませんか。

行く ところ： ぼうし山
行く 日： 10月8日（土）
あつまる 時間： あさ 9時
あつまる ところ： 駅
持って くる もの： お弁当、飲み物

行く 日の あさ、**雨が つよく 降って いる とき：8時まで 家で 待って から、わたしに 電話を して ください。**

8時の 天気を 見て、行くか 行かないか きめます。8日に 行かない ときには、9日（日）に 行きます。

高橋花子

關鍵句

□ 大変 辛苦；嚴重
□ 秋 秋天
□ 緑色 綠色
□ 赤 紅色
□ 黄色 黃色
□ 一緒に 一起
□ 集まる 集合
□ 飲み物 飲料
□ 強く 強烈地

32 あさ、雨が つよく ふって います。どうしますか。

1 9時に 駅へ 行きます。
2 8時過ぎに 高橋さんに 電話します。
3 8時に 駅へ 行きます。
4 9時まで 家で 待ちます。

請參照右頁並回答以下問題。請從選項1・2・3・4當中選出一個最適當的答案。

一起去登山吧

秋天來臨了。充滿綠意的山頭也染成一片紅黃，十分美麗。要不要一起前往欣賞呢？

前往景點：帽子山
前往日期：10月８日（六）
集合時間：早上９點
集合地點：車站
攜帶物品：便當、飲料

如果當天早上下大雨：在家裡等到８點，然後打電話給我。
看８點的天氣如何，再決定要不要去。
如果８日取消，改成９日（日）再去。

高橋花子

這一題以「どうしますか」問該採取什麼行動。可以從文中表示要求、命令的「～てください」裡面找到答案。

解題重點在「行く日のあさ、雨がつよく降っているとき：8時までいえで待ってから、わたしに電話をしてください」(如果當天早上下大雨：在家裡等到8點，然後打電話給我)。這張公告的負責人最後署名「高橋花子」，所以可知若下大雨，則要在8點多的時候打電話給高橋小姐，所以正確答案是2。

32 早上雨勢很大，請問該怎麼辦呢？

Answer 2

1 9點去車站
2 8點過後打電話給高橋小姐
3 8點去車站
4 在家裡待到9點

「まで」表示時間的範圍，可以翻譯成「到…」。「～てから」強調動做的先後順序，表示先做前項動作再做後項動作。

文法と萬用句型

【動詞ます形】＋ましょう。表示勸誘對方跟自己一起做某事。一般用在做那一行為、動作，事先已經規定好，或已經成為習慣的情況。

1 ＿＿＿＋ましょう　（做…吧）

例句　ちょっと　休（やす）みましょう。
休息一下吧！

［替換單字］
- □ 会（あ）い　見面
- □ 飲（の）み　喝
- □ 手伝（てつだ）い　幫忙

小知識大補帖

▶同音異字小補充

「同音異字」：讀音相同但寫法不同的字，字義有可能也不同，像是「あつい」，寫成漢字後變成「熱（あつ）い」（熱的、燙的）、「暑（あつ）い」（天氣炎熱的）、「厚（あつ）い」（厚的），意思就完全不同了！

▶日本百名山

說到日本的山，卻只知道富士山嗎？其實日本登山的風氣十分盛行，其中有位日本登山家及作家——深田久彌，1964 年出版了一本《日本百名山》。精選了百座風景絕佳，路線也不會過於困難的名山，後來成為遊客們登山遊覽的一大指標。

右の　ページを　見て、下の　しつもんに　こたえて　ください。こたえは、1・2・3・4から　いちばん　いい　ものを　一つ　えらんで　ください。

32　マンションの　人は、来週の　水曜日と　木曜日には、そとに　出るとき、どうしますか。

1　来週の　水曜日の　午前　10時には、階段を　つかい　ます。

2　来週の　水曜日の　午後　3時には、エレベーターをつかいます。

3　来週の　木曜日の　午前　11時には、エレベーターをつかいます。

4　来週の　木曜日の　午後　3時には、階段を　つかいません。

アパートの　皆さんへ

8月23日

エレベーターを　調べます

エレベーターの　悪い　ところを　調べます。次の　時間はエレベーターを　使わないで　ください。すみませんが、階段を　使って　ください。調べる　会社の　人は、会社と　自分の　名前を　体の　前に　つけて　います。

調べる　日：来週の　水曜日と　木曜日
時間：午前　9時から　午後　5時まで
調べる　会社：ささきエレベーター

この　時間、エレベーターを　乗る　ことは　できません。

おおた不動産
電話　××-××××-××××

もんだい6 Reading

右の ページを 見て、下の しつもんに こたえて ください。こたえは、1·2·3·4から いちばん いい ものを 一つ えらんで ください。

アパートの 皆さんへ

8月23日

エレベーターを 調べます

エレベーターの 悪い ところを 調べます。**次の 時間は エレベーターを 使わないで ください。すみませんが、階段を 使って ください。**調べる 会社の 人は、会社と 自分の 名前を 体の 前に つけて います。

關鍵句

文法詳見 P276

調べる 日：来週の 水曜日と 木曜日

關鍵句

時間：午前 9時から 午後 5時まで

調べる 会社：ささきエレベーター

この 時間、エレベーターを 乗る ことは できません。

おおた不動産

電話 ××-××××-××××

- □ マンション 公寓大樓；高級公寓
- □ エレベーター 電梯
- □ 調べる 檢查
- □ 階段 樓梯
- □ つける 附在…；掛在…
- □ 来週 下週
- □ 水曜日 星期三
- □ 木曜日 星期四

32 マンションの 人は、来週の 水曜日と 木曜日には、そとに 出るとき、どうしますか。

1 来週の 水曜日の 午前 10時には、階段を つかい ます。

2 来週の 水曜日の 午後 3時には、エレベーターを つかいます。

3 来週の 木曜日の 午前 11時には、エレベーターを つかいます。

4 来週の 木曜日の 午後 3時には、階段を つかい ません。

請參照右頁並回答以下問題。請從選項1・2・3・4當中選出一個最適當的答案。

這一題必須用刪去法作答，要注意公告裡面提到的限制條件。

給各位大樓住戶

8月23日

電 梯 維 檢

近日要檢查電梯故障問題。以下時段勞煩各位利用樓梯上下樓，請勿搭乘電梯。維修公司人員將會在胸前配戴公司名稱及姓名。

維檢日：下週星期三及星期四
時間：上午9點至下午5點
維修公司：佐佐木電梯

以上時段將無法搭乘電梯。

太田不動產
電話　××-××××-××××

「～ことができません」表示不允許去做某件事情，公告最後一句用「は」來取代「が」寫成「～ことはできません」表示對比關係，暗示雖然沒辦法搭電梯，但可以利用其他方式上下樓（爬樓梯）。

解題重點在「次の時間はエレベーターを使わないでください。すみませんが、階段を使ってください」（以下時段勞煩各位利用樓梯上下樓）。句中的「すみませんが」是前置詞，經常用在拜託別人的時候。「次の時間」指的是下面的「調べる日」（維檢日）和「時間」，也就是下週三、四的上午9點到下午5點，這段時間不能使用電梯，只能爬樓梯。符合這個條件的只有選項1，正確答案是1。

32 請問大樓住戶如果要在下週三、下週四出門，應該怎麼辦呢？

1 下週三的上午10點，爬樓梯
2 下週三的下午3點，搭乘電梯
3 下週四的上午11點，搭乘電梯
4 下週四的下午3點，不能爬樓梯

Answer **1**

題目中的「そとに出るとき」（外出）的「～に出る」，表示離開某個地方、出去到另一個地方。如果改成「～を出る」，僅單純表示離開某個地方。

文法と萬用句型

【動詞否定形】＋ないでください。表示否定的請求命令，請求對方不要做某事。

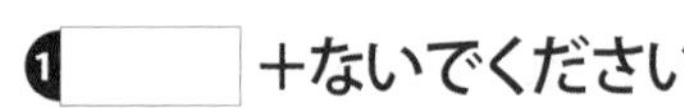

（請不要…）

例句 授業中（じゅぎょうちゅう）は　しゃべらないで　ください。

上課時請不要講話。

MEMO

右の　ページを　見て、下の　しつもんに　こたえて　ください。こたえは、1・2・3・4から　いちばん　いい　ものを　一つ　えらんで　ください。

32 ただしい　ものは　どれですか。

1　2月３日に　図書館に　来る　人は、東駅で　おりて　バスに　乗って　ください。

2　2月３日に　図書館に　来る　人は、車を　使って　ください。

3　2月３日は、電車や　地下鉄で　図書館に　来る　ことが　できません。

4　2月３日は、車や　バスで　図書館に　来る　ことが　できません。

図書館に　来る　人へ

11月20日

道を　修理します

2月３日（火）に、図書館の　前の　道を　修理します。この　日は、修理に　使う　大きい　車が　出たり、入ったり　しますので、その　ほかの　車は　図書館の　前の　道に　入る　ことが　できません。この　日は　バスも　走りません。図書館には　電車か　地下鉄で　来て　ください。東駅で　おりて、歩いて　5分ぐらいです。

修理の　日：2月３日（火）
時間：午前　10時から　午後　5時まで
ところ：図書館の　前の　道

車と　バスは　入る　ことは　できません。
電車か　地下鉄の　東駅から、歩いて　来てください。

東図書館

もんだい６ Reading

右の ページを 見て、下の しつもんに こたえて ください。こたえは、1·2·3·4から いちばん いい ものを 一つ えらんで ください。

「～ことができません」表示不允許去做某件事情。

「電車か地下鉄で」的「か」意思是「或」，表示在幾個當中選出一個。「で」表示工具、方法、手段，可以翻譯成「靠...」或「用...」。

選項1、2都錯誤，因為公告有說汽車和公車不能開到圖書館。

図書館に 来る 人へ

11月20日

道を 修理します

2月3日（火）に、図書館の 前の 道を 修理します。この 日は、修理に 使う 大きい 車が 出たり、入ったり しますので、**その ほかの 車は 図書館の 前の 道に 入る ことが できません。この 日は バスも 走りません。図書館には 電車か 地下鉄で 来て ください。**東駅で おりて、歩いて 5分ぐらいです。 ＜關鍵句

修理の 日：2月3日（火）
時間：午前 10時から 午後 5時まで
ところ：図書館の 前の 道

車と バスは 入る ことは できません。
電車か 地下鉄の 東駅から、歩いて 来てください。

東図書館

---

32 ただしい ものは どれですか。

1 2月3日に 図書館に 来る 人は、東駅で おりて バスに 乗って ください。

2 2月3日に 図書館に 来る 人は、車を 使って ください。

3 2月3日は、電車や 地下鉄で 図書館に 来る こと ができません。

4 2月3日は、車や バスで 図書館に 来る ことができません。

選項3也錯誤，因為公告有請大家當天利用電車或地下鐵前往圖書館。

選項4「車やバス」（汽車或公車）的「や」用於在一群事物中舉出幾個例子。正確答案是4。

請參照右頁並回答以下問題。請從選項1・2・3・4當中選出一個最適當的答案。

> 遇到「ただしいものはどれですか」(請問正確的選項為何)、「ただしくないものはどれですか」(請問不正確的選項為何)這類題型，建議用消去法來作答。

致各位圖書館使用者

11月20日

道路施工

2月3日（二），圖書館前的道路將進行施工。到時將有大型工程車進出，所以其餘車輛無法進入圖書館前的道路。當天公車也會停駛。請搭乘電車或是地下鐵前來圖書館，在東站下車，徒步大約5分鐘。

施工日：2月3日（二）
時間：上午10點至下午5時
地點：圖書館前的道路

汽車和公車無法通行。
請從電車或地下鐵的東站走路過來。

東圖書館

> 公告第一句提到「この日は、修理に使う大きい車が出たり、入ったりしますので、そのほかの車は図書館の前の道に入ることができません。この日はバスも走りません」(到時候將有大型工程車進出，所以其餘車輛無法進入圖書館前的道路。當天公車也會停駛)。

> 「そのほかの車」指的是除了工程車以外的車輛，從公告最下面「車とバスは入ることはできません」(汽車和公車無法通行)可以知道是指汽車和公車。

32 請問下列敘述何者正確？

Answer 4

1 2月3日來圖書館的人，請在東站下車轉搭公車
2 2月3日來圖書館的人請開車
3 2月3日無法搭乘電車或地下鐵來圖書館
4 2月3日無法開車或搭乘公車來圖書館

> 公告最後提到2月3日去圖書館的方式是「図書館には電車か地下鉄で来てください」(請搭乘電車或是地下鐵前來圖書館)。

- □ 図書館（としょかん） 圖書館
- □ 道（みち） 道路
- □ 修理（しゅうり） 整修
- □ バスが走る（はしる） 公車行駛
- □ 電車（でんしゃ） 電車
- □ 降りる（おりる） 下（車）
- □ 正しい（ただしい） 正確的

小知識大補帖

▸ 日本絕美圖書館

近幾年來，日本具特色、質感的圖書館已經成為旅客必訪的景點之一，例如「東京北區中央圖書館」以紅磚打造外牆，古色古香、「秋田國際大學圖書館」木製的半圓環設計溫暖又壯觀、「石川金澤海洋未來圖書館」搶眼的純白色設計，頗具前衛的時尚感。

佐賀的「武雄市圖書館」更是結合了咖啡廳與書店，一樓由蔦屋書店和星巴克共同進駐，一次滿足想要讀書與喝咖啡的需求，看到喜歡的書還能立刻從書店買回家。圖書館的開放時間也調整成早上 9 點到晚上 9 點，且終年不休館，讓更多人能有時間來到圖書館坐坐。而這創新的構思，也讓圖書館一開放就大獲好評。

MEMO

＊{ } 內也可自行帶入其他詞彙喔！

常用的表達關鍵句

01 表示提議、建議

→{ちょっと散歩し} ませんか／要不要 { 散散步 } 呢？

→{週末、遊園地へ行き} ませんか／ { 週末 } 要不要 { 一起去遊樂園玩 } ？

→{今度一緒に行き} ましょう／ { 下次我們一起去 } 吧。

→{ええ、そうし} ましょう（よう） ／ { 好的，就這麼做 } 吧。

→{ここに座り} ましょうか／我們 { 坐這裡 } 吧？

→{公園でお弁当を食べ} ましょうか／我們 { 在公園吃便當 } 吧？

→{今は彼女と会わ} ないほうがいい／ { 你現在 } 最好不 { 要見她 }。

02 表示決定

→{暑いから、冷たいコーラ} にします／{ 因為天氣炎熱，我 } 要點{ 冰可樂 }。

→{今日からたばこを吸わ} ないことにした／決定 { 從今天起 } 不 { 再抽菸 }。

→{その会議は3時から} になりました／{ 這場會議 } 定在{ 3 點開始 }。

→{夏休みには、ハワイへ行く} ことにしました／決定 { 暑假要去夏威夷旅遊 }。

→{日本に行く前にインターネットで部屋を探す} つもりです／打算 { 在前往日本之前，先在網路上找房子 }。

關鍵字記單字

▸關鍵字	▸▸▸單字	
上(あ)げる 揚起、懸起	□ 上(あ)げる	舉，抬，揚；懸；起，舉起，抬起，揚起，懸起
	□ エレベーター【elevator】	電梯，升降機
	□ 階(かい)	階
	□ 階段(かいだん)	樓梯，階梯
	□ 差(さ)す	上漲，浸潤
	□ 立(た)つ	冒，升，起
	□ 荷物(にもつ)	貨物；行李
	□ 登(のぼ)る	上，登；攀登；(溫度)上升
	□ 乗(の)る	登，上

▸關鍵字	▸▸▸單字	
苦(くる)しい 痛苦的	□ 嫌(いや)	厭膩，厭煩，不幹
	□ 大変(たいへん)	太費勁，真夠受的
	□ 一寸(ちょっと)	不太容易，表示沒那麼簡單
	□ 難(むずか)しい	(病)難以治好，不好治；麻煩，複雜
	□ 難(むずか)しい	難解決的，難達成一致的；難備齊的
	□ よく	表達困難的情況下也完成了，竟然
	□ 痛(いた)い	疼的；痛苦的
	□ 曇(くも)る	暗淡，鬱郁不樂
	□ 暗(くら)い	陰沉，不明朗，不歡快
	□ 困(こま)る	感覺困難，窘，為難；難辦
	□ 困(こま)る	窮困

N5 萬用會話小專欄

▶ **購物**

かばんを　探して　います。
我在找包包。

こちらの　白は　ありますか。
請問這個還有白色的嗎？

これは　おいくらですか。
請問這個多少錢？

こちらの　小さい　サイズは　ありますか。
請問有這個的小尺碼嗎？

これを　見せて　ください。
請讓我看一看這個。

これを　ください。
請給我這個。

赤い　ほうを　ください。
請給我紅色的。

もっと　明るい　色が　ほしいです。
我想要更明亮的顏色。

すみません。出て　いる　だけです。
不好意思，只有現場陳列的這些而已。

私には　ちょっと　高いです。
對我來說有點貴。

これに　します。
我要這個。

▸ **用餐**

朝は　パンと　果物です。
我早餐都吃麵包和水果。

夕飯は　家族　みんなで　食堂で　食べます。
全家人一起去大眾食堂吃晚餐。

父の　誕生日　なので、お寿司を　とりました。
由於是父親的生日，訂了外送壽司。

お飲み物は　何に　いたしましょうか。
請問您想喝點什麼飲料呢？

そうですね。コーヒーを　ください。
讓我想一想，請給我咖啡。

母の　料理は　みんな　おいしいです。
媽媽煮的菜每一道都好好吃。

肉だけじゃなく、野菜も　食べなさい。
不要只吃肉，也要吃青菜。

▸ **圖書館**

図書館は　朝　9時から　夜　8時まで　あいて　います。
圖書館從早上9點開到晚上8點。

木曜日は　図書館は　休みです。
星期四是圖書館的休館日。

私の　町の　図書館では　1回に　5冊まで　貸して　くれる。
我們社區的圖書館，每次最多可以借 5 本書。

2月20日までに　ご返却　ください。
請在 2 月 20 號前歸還。

図書館で　勉強しない？
要不要一起去圖書館讀書？

図書館は　静かで　いいですね。
圖書館裡非常安靜，挺適合讀書哦。

1 格助詞的使用（一）

◆ が

- 庭(にわ)に　花(はな)が　咲(さ)いて　います。

庭院裡開著花。

◆ 場所＋に　在…、有…；在…嗎、有…嗎；有…

- 教室(きょうしつ)に　学生(がくせい)が　います。

教室裡有學生。

◆ 到達點＋に　到…、在…

- 飛行機(ひこうき)に　乗(の)ります。

搭乘飛機。

◆ 時間＋に　在…

- 朝(あさ)　7時(しちじ)に　起(お)きます。

早上7點起床。

◆ 時間＋に＋次數　…之中、…內

- 一日(いちにち)に　5杯(ごはい)、コーヒーを　飲(の)みます。

一天喝5杯咖啡。

◆ 目的＋に　去…、到…

- 台湾(タイワン)へ　旅行(りょこう)に　行(い)きました。

去了台灣旅行。

◆ 對象（人）＋に　給…、跟…

- 家族(かぞく)に　会(あ)いたいです。

想念家人。

◆ 對象（物・場所）＋に　…到、對…、在…、給…

- 花(はな)に　水(みず)を　やります。

澆花。

◆ 目的語＋を

- シャワーを　浴(あ)びます。

沖澡。

◆ **[通過・移動]＋を＋自動詞**

- 毎朝　公園を　散歩します。

毎天早上都去公園散步。

◆ **離開點＋を**

- 毎朝　8時に　家を　出ます。

每天早上8點出門。

2　格助詞的使用（二）

◆ **場所＋で**　在…

- 海で　泳ぎます。

在海裡游泳。

◆ **[方法・手段]＋で**　(1) 乘坐…；(2) 用…

- 自転車で　図書館へ　行きます。

騎腳踏車去圖書館。

◆ **材料＋で**　用…；用什麼

- 日本の　お酒は　米で　できて　います。

日本的酒是用米釀製而成的。

◆ **理由＋で**　因為…

- 風邪で　学校を　休みました。

由於感冒而向學校請假了。

◆ **數量＋で＋數量**　共…

- 一人で　全部　食べて　しまいました。

獨自一人全部吃光了。

◆ **[狀態・情況]＋で**　在…、以…

- この　部屋に　靴で　入らないで　ください。

請不要穿著鞋子進入這個房間。

◆ **[場所・方向]＋へ（に）**　往…、去…

- 先週、大阪へ　行きました。

上星期去了大阪。

◆場所＋へ（に）＋目的＋に　到…（做某事）

- 京都(きょうと)へ　桜(さくら)を　見(み)に　行(い)きませんか。

要不要去京都賞櫻呢？

◆や　…和…

- 財布(さいふ)には　お金(かね)や　カードが　入(はい)って　います。

錢包裡裝著錢和信用卡。

◆や～など　和…等

- りんごや　みかんなどの　果物(くだもの)が　好(す)きです。

我喜歡蘋果和橘子之類的水果。

3 格助詞的使用（三）

◆名詞＋と＋名詞　…和…、…與…

- 卵(たまご)と　牛乳(ぎゅうにゅう)を　買(か)います。

要去買雞蛋和牛奶。

◆名詞＋と＋おなじ　和…一樣的、和…相同的；…和…相同

- あの　人(ひと)と　同(おな)じものが　食(た)べたいです。

我想吃和那個人相同的東西。

◆對象＋と　跟…一起；跟…（一起）；跟…

- 妹(いもうと)と　いっしょに　学校(がっこう)へ　行(い)きます。

和妹妹一起上學。

◆引用內容＋と　說…、寫著…

- 先生(せんせい)が「明日(あした)　テストを　します」と　言(い)いました。

老師宣布了「明天要考試」。

◆から～まで、まで～から　(1) 從…到…；到…從…；(2) 從…到…；到…從…

- 仕事(しごと)は　9時(くじ)から　3時(さんじ)までです。

工作時間是從 9 點到 3 點。

◆起點（人）＋から　從…、由…

- 父(ちち)から　時計(とけい)を　もらいました。

爸爸送了手錶給我。

◆名詞＋の＋名詞　…的…

- 母の　料理は　おいしいです。

媽媽做的菜很好吃。

◆名詞＋の　…的

- この　パソコンは　会社のです。

這台電腦是公司的。

◆名詞＋の　…的…

- 母の　作った　料理を　食べます。

我要吃媽媽做的菜。

4 副助詞的使用

◆は～です　…是…

- 今日は　暑いです。

今天很熱。

◆は～ません　(1) 不…；(2) 不…

- 私は　アメリカ人では　ありません。

我不是美國人。

◆は～が

- 私は　新しい　靴が　欲しいです。

我想要一雙新鞋。

◆は～が、～は～　但是…

- 掃除は　しますが、料理は　しません。

我會打掃，但不做飯。

◆も　(1) 也…也…、都是…；(2) 也、又；(3) 也和…也和…

- 父も　母も　元気です。

家父和家母都老當益壯。

◆も　竟、也

- 家から　大学まで　2時間も　かかります。

從家裡到大學要花上兩個鐘頭。

◆には、へは、とは

- この　部屋(へや)には　大(おお)きな　窓(まど)が　あります。

這個房間有一扇大窗戶。

◆にも、からも、でも

- これは　インターネットでも　買(か)えます。

這東西在網路上也買得到。

◆か　或者…

- バスか　自転車(じてんしゃ)で　行(い)きます。

搭巴士或騎自行車前往。

◆か～か～　(1)…呢？還是…呢；(2)…或是…

- 海(うみ)か　どこか、遠(とお)いところへ　行(い)きたいな。

真想去海邊或是某個地方，總之離這裡越遠越好。

◆ぐらい、くらい　(1) 大約、左右；(2) 大約、左右、上下；和…一樣…

- この　お皿(さら)は　100万円(ひゃくまんえん)くらい　しますよ。

這枚盤子價值大約100萬圓喔！

◆だけ　只、僅僅

- 午前中(ごぜんちゅう)だけ　働(はたら)きます。

只在上午工作。

◆しか＋否定　(1) 僅僅；(2) 只

- テストは　半分(はんぶん)しか　できませんでした。

考卷上的題目只答得出一半而已。

◆ずつ　每、各

- 空(そら)が　少(すこ)しずつ　暗(くら)く　なって　きました。

天色逐漸暗了下來。

5 其他助詞及接尾語的使用

◆が

- もしもし、高木(たかぎ)ですが、陳(チン)さんは　いますか。

喂，敝姓高木，請問陳小姐在嗎？

◆ **が**　但是…

- 外は　寒いですが、家の　中は　暖かいです。

雖然外面很冷，但是家裡很溫暖。

◆ **疑問詞＋が**

- 右の　絵と　左の　絵は、どこが　違いますか。

右邊的圖和左邊的圖有不一樣的地方嗎？

◆ **疑問詞＋か**

- 何か　食べませんか。

要不要吃點什麼？

◆ **句子＋か**　嗎、呢

- あなたは　アメリカ人ですか。

請問您是美國人嗎？

◆ **句子＋か、句子＋か**　是…，還是…

- 明日は　暑いですか、寒いですか。

明天氣溫是熱還是冷呢？

◆ **句子＋ね**　(1)…啊；(2)…吧；(3)…啊；(4)…都、…喔、…呀、…呢

- 健ちゃんは　いつも　元気ですね。

小健總是活力充沛啊。

◆ **句子＋よ**　(1)…喲；(2)…喔、…喲、…啊

- もう　8時ですよ。起きて　ください。

已經8點了喲，快起床！

◆ **じゅう**　(1)…內、整整；(2)全…、…期間

- この　歌は　世界中の　人が　知って　います。

這首歌舉世聞名。

◆ **ちゅう**　…中、正在…、…期間

- 食事中に　携帯電話を　見ないで　ください。

吃飯時請不要滑手機。

◆ **ごろ**　左右

- この　山は、毎年　今ごろが　一番　きれいです。

這座山每年這個時候是最美的季節。

◆ **すぎ、まえ**　(1)…多；(2) 差…、…前；(3)…前、未滿…；(4) 過…

- 30過ぎの　黒い　服の　男を　見ましたか。

你有沒有看到一個30多歲、身穿黑衣服的男人?

◆ **たち、がた、かた**　…們

- 私たちは　日本語学校の　生徒です。

我們是這所日語學校的學生。

◆ **かた**　…法、…樣子

- それは、あなたの　言い方が　悪いですよ。

那該怪你措辭失當喔！

6 疑問詞的使用

◆ **なに、なん**　什麼

- 休みの　日は　何を　しますか。

假日時通常做什麼？

◆ **だれ、どなた**　誰；哪位…

- あの　人は　誰ですか。

那個人是誰？

◆ **いつ**　何時、幾時

- あなたの　誕生日は　いつですか。

你生日是哪一天呢？

◆ **いくつ**　(1) 幾歲；(2) 幾個、多少

-「美穂ちゃん、いくつ。」「三つ。」

「美穗小妹妹，妳幾歲？」「３歲！」

◆ **いくら**　(1) 多少；(2) 多少

- 東京から　大阪まで　時間は　いくら　かかりますか。

從東京到大阪要花多久時間呢？

◆ **どう、いかが**　(1) 怎樣；(2) 如何

-「旅行は　どうでしたか。」「楽しかったです。」

「旅行玩得愉快嗎？」「非常愉快！」

◆ **どんな**　什麼樣的

- どんな　仕事(しごと)が　したいですか。

　您希望從事什麼樣的工作呢？

◆ **どのぐらい、どれぐらい**　多(久)…

- 仕事(しごと)は　あと　どれぐらい　かかりますか。

　工作還要多久才能完成呢？

◆ **なぜ、どうして**　(1)原因是…；(2)為什麼

- 昨日(きのう)は　なぜ　来(こ)なかったんですか。

　昨天為什麼沒來？

◆ **なにも、だれも、どこへも**　也(不)…、都(不)…

- 時間(じかん)に　なりましたが、まだ　誰(だれ)も　来(き)ません。

　約定的時間已經到了，然而誰也沒來。

◆ **なにか、だれか、どこか**　(1)某人；(2)去某地方；(3)某些、什麼

- 誰(だれ)か　助(たす)けて　ください。

　快救救我啊！

◆ **疑問詞＋も＋否定**　(1)也(不)…；(2)無論…都…

- この　部屋(へや)には　誰(だれ)も　いません。

　這個房間裡沒有人。

7　指示詞的使用

◆ **これ、それ、あれ、どれ**　(1)這個；(2)那個；(3)那個；(4)哪個

- これは　あなたの　本(ほん)ですか。

　這是你的書嗎？

◆ **この、その、あの、どの**　(1)這…；(2)那…；(3)那…；(4)哪…

- この　お菓子(かし)は　おいしいです。

　這種糕餅很好吃。

◆ **ここ、そこ、あそこ、どこ**　(1)這裡；(2)那裡；(3)那裡；(4)哪裡

- どうぞ、ここに　座(すわ)って　ください。

　請坐在這裡。

◆ こちら、そちら、あちら、どちら

(1) 這邊、這位；(2) 那邊、那位；(3) 那邊、那位；(4) 哪邊、哪位

- こちらは　田中先生（たなかせんせい）です。

這一位是田中老師。

8　形容詞及形容動詞的表現

◆ 形容詞（現在肯定／現在否定）

- 川（かわ）の　水（みず）は　冷（つめ）たく　ないです。

河水並不冰涼。

◆ 形容詞（過去肯定／過去否定）

- ごちそうさまでした。おいしかったです。

謝謝招待，非常好吃！

◆ 形容詞く＋て　(1)…然後；(2) 又…又…；(3) 因為…

- 彼女（かのじょ）は　美（うつく）しくて　髪（かみ）が　長（なが）いです。

她長得很漂亮，還有一頭長髮。

◆ 形容詞く＋動詞　…地

- 野菜（やさい）を　小（ちい）さく　切（き）ります。

把蔬菜切成細丁。

◆ 形容詞＋名詞　(1)「這…」等；(2)…的…

- 公園（こうえん）に　大（おお）きな　犬（いぬ）が　います。

公園裡有頭大狗。

◆ 形容詞＋の　…的

- 私（わたし）は　冷（つめ）たいのが　いいです。

我想要冰的。

◆ 形容動詞（現在肯定／現在否定）

- 吉田（よしだ）さんは　とても　親切（しんせつ）です。

吉田先生非常親切。

◆ 形容動詞（過去肯定／過去否定）

- 子供（こども）の　ころ、電車（でんしゃ）が　大好（だいす）きでした。

我小時候非常喜歡電車。

◆ **形容動詞で**　(1)…然後；(2) 又…又…；(3) 因為…

- ここは　静かで　駅に　遠いです。

這裡很安靜，然後離車站很遠。

◆ **形容動詞に＋動詞**　…得

- 桜が　きれいに　咲きました。

那時櫻花開得美不勝收。

◆ **形容動詞な＋名詞**　…的…

- いろいろな　国へ　行きたいです。

我的願望是周遊列國。

◆ **形容動詞な＋の**　…的

- いちばん　丈夫なのを　ください。

請給我最耐用的那種。

9 動詞的表現

◆ **動詞（現在肯定／現在否定）**　(2) 沒…、不…

- 電車に　乗ります。

搭電車。

◆ **動詞（過去肯定／過去否定）**　(1)…了；(2)（過去）不…

- 子供の　写真を　撮りました。

拍了孩子的照片。

◆ **動詞（基本形）**

- 喫茶店に　入る。

進入咖啡廳。

◆ **動詞＋名詞**　…的…

- 使った　お皿を　洗います。

清洗用過的盤子。

◆ **動詞＋て**　(1) 因為；(2) 又…又…；(3) 用…；(4)…而…；(5)…然後

- たくさん　歩いて、疲れました。

走了很多路，累了。

◆**動詞＋ています**　正在…

- マリさんは　テレビを　見て　います。

瑪麗小姐正在看電視節目。

◆**動詞＋ています**　都…

- 村上くんは　授業中、いつも　寝て　います。

村上同學總是在課堂上睡覺。

◆**動詞＋ています**　做…、是…

- 父は　銀行で　働いています。

爸爸目前在銀行工作。

◆**動詞＋ています**　已…了

- 教室の　壁に　カレンダーが　掛かって　います。

教室的牆上掛著月曆。

◆**動詞＋ないで**　(1) 沒…就…；(2) 沒…反而…、不做…，而做…

- 上着を　着ないで　出掛けます。

我不穿外套，就這樣出門。

◆**動詞＋なくて**　因為沒有…、不…所以…

- 山田さんは　仕事を　しなくて　困ります。

山田先生不願意做事，真傷腦筋。

◆**動詞＋たり～動詞＋たりします**

(1) 又是…，又是…；(2) 有時…，有時…；(3) 一會兒…，一會兒…

- 休みの　日は、本を　読んだり　映画を　見たり　します。

假日時會翻一翻書、看一看電影。

◆**が＋自動詞**

- 家の　前に　車が　止まりました。

家門前停了一輛車。

◆**を＋他動詞**

- 鍵を　なくしました。

鑰匙遺失了。

- **自動詞＋ています**　…著、已…了

- 冷蔵庫に　ビールが　入って　います。
  冰箱裡有啤酒。

- **他動詞＋てあります**　…著、已…了

- パーティーの　飲み物は　買って　あります。
  要在派對上喝的飲料已經買了。

10 要求、授受、提議及勸誘的表現

- **名詞＋をください**　我要…、給我…；給我（數量）…

- すみません、塩を　ください。
  不好意思，請給我鹽。

- **動詞＋てください**　請…

- 起きて　ください。
  請起來！

- **動詞＋ないでください**　(1) 可否請您不要…；(2) 請不要…

- 写真を　撮らないで　ください。
  請不要拍照。

- **動詞＋てくださいませんか**　能不能請您…

- 電話番号を　教えて　くださいませんか。
  可否請您告訴我您的電話號碼？

- **をもらいます**　取得、要、得到

- 悟くんに　手紙を　もらいました。
  收到了小悟寄來的信。

- **ほうがいい**　(1)…比較好；(2) 我建議最好…、我建議還是…為好；最好不要…

- 休みの　日は、家に　いる　ほうが　いいです。
  我放假天比較喜歡待在家裡。

- **動詞＋ましょうか**　(1) 我來（為你）…吧；(2) 我們（一起）…吧

- タクシーを　呼びましょうか。
  我們攔計程車吧！

◆ 動詞＋ましょう　(1) 就那麼辦吧；(2)…吧；(3) 做…吧

- ええ、そう　しましょう。

  好呀，再見面吧！

◆ 動詞＋ませんか　要不要…吧

- 公園(こうえん)で　テニスを　しませんか。

  要不要到公園打網球呢？

11 希望、意志、原因、比較及程度的表現

◆ 名詞＋がほしい　…想要…；不想要…

- もっと　休(やす)みが　ほしいです。

  想要休息久一點。

◆ 動詞＋たい　想要…；想要…呢？；不想…

- 私(わたし)は　日本語(にほんご)の　先生(せんせい)に　なりたいです。

  我想成為日文教師。

◆ つもり　打算、準備；不打算；有什麼打算呢

- 春休(はるやす)みは　国(くに)に　帰(かえ)る　つもりです。

  我打算春假時回國。

◆ から　因為…

- よく　寝(ね)たから、元気(げんき)に　なりました。

  因為睡得很飽，所以恢復了活力。

◆ ので　因為…

- 明日(あした)は　仕事(しごと)なので、行(い)けません。

  因為明天還要工作，所以沒辦法去。

◆ は～より　…比…

- 北海道(ほっかいどう)は　九州(きゅうしゅう)より　大(おお)きいです。

  北海道的面積比九州大。

◆ より～ほう　…比…、比起…，更…

- お店(みせ)で　食(た)べるより　自分(じぶん)で　作(つく)る　ほうが　おいしいです。

  比起在店裡吃的，還是自己煮的比較好吃。

◆ **あまり～ない**　不太…；完全不…

- 王さんは　学校に　あまり　来ません。

王同學很少來上課。

12 時間的表現

◆ **動詞＋てから**　(1) 先做…，然後再做…；(2) 從…

- 手を　洗って　から　食べます。

先洗手再吃東西。

◆ **動詞＋たあとで、動詞＋たあと**　…以後…；…以後

- 宿題を　した　あとで、ゲームを　します。

做完功課之後再打電玩。

◆ **名詞＋の＋あとで、名詞＋の＋あと**　(1)…後、…以後；(2)…後

- 仕事の　あと、プールへ　行きます。

下班後要去泳池。

◆ **動詞＋まえに**　…之前，先…

- 寝る　前に　歯を　磨きます。

睡覺前刷牙。

◆ **名詞＋の＋まえに**　…前、…的前面

- この　薬は　食事の　前に　飲みます。

這種藥請於餐前服用。

◆ **動詞＋ながら**　一邊…一邊…；一面…一面…

- テレビを　見ながら、ご飯を　食べます。

邊看電視邊吃飯。

◆ **とき**　(1) 時候；(2) 時、時候；(3)…的時候

- 国に　帰ったとき、いつも　先生の　お宅に　行きます。

回國的時候，總是到老師家拜訪。

13 變化及時間變化的表現

◆ **形容詞く＋なります**　變…；變得…

- 百合ちゃん、大きく　なりましたね。

小百合，妳長這麼大了呀！

◆ **形容動詞に＋なります**　變成…

-「風邪は　どうですか。」「もう　元気に　なりました。」

「感冒好了嗎？」「已經康復了。」

◆ **名詞に＋なります**　變成…；成為…

- 今日は　午後から　雨に　なります。

今天將自午後開始下雨。

◆ **形容詞く＋します**　使變成…

- コーヒーは　まだですか。はやく　して　ください。

咖啡還沒沖好嗎？請快一點！

◆ **形容動詞に＋します**　(1) 讓它變成…；(2) 使變成…

- 静かに　して　ください。

請保持安靜！

◆ **名詞に＋します**　(1) 請使其成為…；(2) 讓…變成…、使其成為…

- この　お札を　100円玉に　して　ください。

請把這張鈔票兌換成百圓硬幣。

◆ **もう＋肯定**　已經…了

- もう　5時ですよ。帰りましょう。

已經5點了呢，我們回去吧。

◆ **まだ＋否定**　還（沒有）…

- 熱は　まだ　下がりません。

發燒還沒退。

◆ **もう＋否定**　已經不…了

- 銀行に　もう　お金が　ありません。

銀行存款早就花光了。

◆ **まだ＋肯定**　(1) 還有…；(2) 還…

- 時間(じかん)は　まだ　たくさん　あります。
  時間還非常充裕。

14 斷定、說明、名稱、推測及存在的表現

◆ **じゃ**　(1) 是…；(2) 那麼、那

- 私(わたし)は　もう　子供(こども)じゃ　ありません。
  我已經不是小孩子了！

◆ **のだ**　(1)…是…的；(2)（因為）是…

- 先生(せんせい)、もう　国(くに)へ　帰(かえ)りたいんです。
  老師，我已經想回國了。

◆ **という＋名詞**　叫做…

- これは　小松菜(こまつな)と　いう　野菜(やさい)です。
  這是一種名叫小松菜的蔬菜。

◆ **でしょう**　(1)…對吧；(2) 也許…、可能…；大概…吧

- この　お皿(さら)を　割(わ)ったのは　あなたでしょう。
  打破這個盤子的人是你沒錯吧？

◆ **に～があります／います**　…有…

- テーブルの　上(うえ)に　花瓶(かびん)が　あります。
  桌上擺著花瓶。

◆ **は～にあります／います**　…在…

- 私(わたし)の　父(ちち)は　台北(タイペイ)に　います。
  我爸爸在台北。

精修 關鍵句版

新制對應 絕對合格！
日檢必背閱讀 [25K]

【日檢智庫35】

■ 發行人／林德勝

■ 著者／吉松由美、西村惠子

■ 出版發行／山田社文化事業有限公司
地址 臺北市大安區安和路一段112巷17號7樓
電話 02-2755-7622 02-2755-7628
傳真 02-2700-1887

■ 郵政劃撥／19867160號 大原文化事業有限公司

■ 總經銷／聯合發行股份有限公司
地址 新北市新店區寶橋路235巷6弄6號2樓
電話 02-2917-8022
傳真 02-2915-6275

■ 印刷／上鎰數位科技印刷有限公司

■ 法律顧問／林長振法律事務所 林長振律師

■ 書／定價 新台幣 336 元

■ 初版／2022年 2 月

© ISBN : 978-986-246-666-7

STS
山田社

STS

山田社